KB074428

한참이 지나도 유효한 사랑

(노포)

한참이 지나도
유효한 사랑

*

김기수

멜
카로북스

일러두기

노포老鋪는 '대대로 물려 내려오는 점포'를 뜻하는 말로, 우리나라는 전쟁과 급속한 도시 개발 등의 이유로 사전적 정의로서의 노포가 많지 않다. 이 책에서는 꼭 대를 이어 운영해 온 가게가 아니더라도 오랜 시간 많은 이들의 마음 둘 곳으로 자리를 지키고 있는 가게를 모두 포함하는 넓은 의미로 사용했다.

차례

죽기 전에 한 가지 음식만 먹을 수 있다면

쓸데없는 이야기가 취미인 친구들을 만나면 '만약'으로 시작한 대화가 대낮부터 한밤까지 이어진다. 만약 로또 당첨되면 지금 다니는 회사 계속 다닐 거야? 만약 술 담배 커피 중에 하나만 할 수 있으면 뭘 할래? 네가 차은우랑 존나 잘 사귀고 있어, 근데 만약에 박서준이 고백을 해. 자기랑 바람이라도 피우재. 그럼 어떻게 할 거야?

그만 좀 하라고 진저리를 치는 친구가 한 명만 있어도 종로에서 뺨 맞은 사람처럼 정신을 차릴 텐데 몰입에 몰입을 더할 뿐인 우리의 대화는 끝이 없다. 어느새 나는 로또 당첨금뿐 아니라 가족과 친구마저 잃은 부랑자가 되어 있고, 아무런 죄도 없는 순백의 차은우는 이마 벗겨진 호색한이 되어 있다.

그런데 간혹 쓰읍 소리를 내며 짱구를 굴리게 되는 질문이 있다. 만약 과거로 돌아갈 수 있다면 돌아가고 싶어? 가게 되면 몇 살 때로? 무인도에 딱 세 가지만 가져갈 수 있으면 뭘 챙길래? 살아 있는 사람, 죽은 사람 상관없이 한 시간 동안 대화를 나눌 수 있다면 누구랑 얘기하고 싶어?

고달프기도 아름답기도 했던 유년을 떠올리고, 어쩌면 현실이 될지 모르는 극한의 상황을 상상하고, 그리움과 호기심이 뒤섞인 고민을 하다 보면 자각하지 못한 취향이나 감정도 알게 되었다. 최근에 들은 질문 하나는 오리무중 상태인 나의 입맛을 고민하게 만들었다.

죽기 전에 딱 한 가지 음식만 먹을 수 있다면?

이건 단순히 맛있는 음식을 고르는 게 아니다. 내가 정말로 좋아하는 음식. 정, 말, 두 음절 사이에 기다란 물결표가 있어야 마땅하다. 겉만 노릇하게 구운 굴전? 마블링이 지도 같은 한우? 아니면 아직 근처에도 못 가본 캐비아를 맛보고 죽어야 하나? 언젠가 보았던 사형수들의 마지막 만찬이 떠올랐다. 사형 집행 직전 죄수가 원하는 식단으로 한 끼를 제공하는 건데 기독교 문화권에선 중세 시대부터 이어 온 전통이라고 한다. 현재는 대부분의 나라가 사형 집행을 하지 않고 있으니 사실상 미국에만 남아 있는 관례다. 피해자를 생각하면 범죄자에게 왜 호의를 베푸는가 싶지만, 알고 보니 그들의 영혼을 만족시켜 사형 집행인을 저주하지 못하게 하려는 의도로 시작된 거였다. 죄수들이 선택했다는 최후의 만찬은 생각보다 소소하다.

A: 프라이드치킨, 버터와 완두콩, 애플파이, 닥터페퍼 1캔
B: 새우튀김 12개, KFC 레시피로 튀긴 치킨, 감자튀김, 딸기 1파운드
C: 민트 초코칩 아이스크림 2스쿱
D: 올리브 한 알
E: 랍스터 꼬리, 스테이크, 애플파이, 바닐라 아이스크림, 영화 〈반지의 제왕〉 3부작 시청

〈노포〉

그들이 고른 라스트 디너는 어떤 의미일까. 그때 막 생각난 음식일까. 추억이 담긴 먹거리일까. 자신의 사이코패스적 취향을 드러낸 메뉴는 아닐까. 수많은 DVD방에서 상영됐다는 〈반지의 제왕〉은 단지 시간을 끌기 위한 선택일지도 모른다. 나라면 맛있게 먹은 기억이 압도적으로 많은 음식을 고를 것 같다. 굳이 어떤 맛인지도 모르는 푸아그라나 캐비아를 선택하는 건 마지막 식사에 너무 큰 모험이다. 지나온 내 식도락 경험치를 무시하는 꼴이기도 하고.

그렇게 고른 음식은 김치찌개다. 뜨끈한 쌀밥에 국물과 건더기를 건져 입김 후후 불어 가며 한 그릇 뚝딱하면 죽는 마당에도 기분은 좀 나아질 것 같다. 김치 맛만 제대로 들었다면 실패할 확률이 높지 않다는 것도 큰 장점. 고기를 통으로 넣어 주는 〈백채김치찌개〉나 김가루 잔뜩 넣어서 자작한 국물과 비벼 먹을 수 있는 〈새마을식당〉 같은 프랜차이즈도 맛있지만 그래도 마지막 만찬이라면 내가 진짜 좋아하는 집의 김치찌개로 고르고 싶다.

우리의 전통 음식인 김치의 가장 직관적인 변주인 만큼 김치찌개를 파는 식당 또한 굉장히 많다. 서울만 해도 이름 날리는 노포가 꽤 된다. 잘 먹어 보지 못한 음식이라면 순진한 표정으로 엄지를 내밀 수도 있겠지만 김치찌개만큼은 다르다. 본사에서 나온 미스터리 쇼퍼처럼 괜히 턱 끝을 들고 점수를 매기게 된다.

허름한 간판이 기대감을 높였던 광화문 맛집은 분위기만 좋았고, 공덕역 맛집으로 알려진 곳은 김치찌개보다는 도톰한 계란말이와 물감을 짜서 넣은 듯 빨간 제육볶음이 시선을 빼앗았다. 직장인들이 홀린 듯 들어간다는 서대문구의 맛집도 내 입맛엔 영 아니었다. 맛있다고 좋아한 일행도 있었기 때문에 어디까지나 취향 차이일 거다.

내가 최소한 열 번 이상 방문한 김치찌개 맛집이 두 곳 있다. 먼저 〈은주정〉. 방산시장 안쪽에 있어 처음에는 위치를 찾는 데 애를 먹었던 곳이다. 수요미식회라는 프로그램의 영향력이 강력했던 시기에 소개되며 그 맛을 인정받은 곳인데, 진한 국물이 자꾸만 생각나서 주기적으로 방문하게 된다. 메뉴를 선택할 필요 없이 점심에 가면 김치찌개, 저녁에 가면 삼겹살과 김치찌개로 구성된 상을 인원수에 맞게 제공한다. 다만 저녁에 나오는 김치찌개는 고깃집의 추가 메뉴처럼 양이 넉넉지 못하니 김치찌개에 주력하고 싶다면 낮에 방문하는 게 좋다.

은주정을 한 줄로 설명하자면 쌈 싸 먹는 김치찌개를 파는 곳이다. 끊임없이 건져지는 돼지고기와 종류별로 두둑이 제공되는 쌈 채소가 특징. 쌈 채소는 계절마다 조금씩 바뀐다. 삼십 대가 되면서 몸 여기저기가 망가지기 시작한 나는 벽에 붙은 채소의 효능을 주의 깊게

10

살피며 한 장 두 장 쌈을 만든다. 종편 채널에서 소개하는 듣도 보도 못했지만 몸에 좋다는 식재료를 주문한 것처럼 뿌듯하다.

손님은 언제나 많지만 직장인의 점심시간을 피하면 줄은 서지 않아도 된다. 착석 후 보통 2~3분 내로 김치찌개 냄비를 올려 주는데 바로 먹을 수는 없다. 생각보다 꽤 오래도록 냄새만 맡아야 한다. 궁금하다고 끓고 있는 냄비 뚜껑을 열어 보거나 버너의 불을 조절하는 건 금물. 우리를 까먹으신 게 아닐까 초조해질 때쯤 먹어도 되는 타이밍을 알려 주신다. 괜히 건드렸다가 한 소리 들은 이후로는 지난날의 나처럼 과오를 범하려는 이웃 테이블을 향해 가만히 계시는 게 좋다며 훈수를 두기도 한다.

상추에 향긋한 쑥갓을 올리고 냄비에서 건진 고기와 김치를 먹기 좋게 배열한 뒤 흑미밥 한 숟갈과 된장 찍은 마늘까지 넣어 한입에 우걱우걱 먹으면 일반적인 김치찌개에서는 느낄 수 없는 입체적인 맛이 난다. 처음 갔을 때보다 몇천 원 오르긴 했어도 양이 넉넉해서 돈 아깝다는 생각은 든 적이 없다. 친절하지 않다는 후기도 종종 보인다. 한창 바쁜 시간에는 어떨지 모르겠지만, 적어도 내가 방문했을 때는 그렇지 않았다. 한번은 일하는 분들이 한산한 틈을 타 전을 부쳐 드시다가 눈이 마주쳤다는 이유만으로 부침개 절반을 나눠 주시기도 했다. 계산할 때 맛이 괜찮았는지 묻는 사장님도

퍽 다정하다. 워낙 많은 사람이 방문하기 때문에 몇 번을 더 가도 나를 기억해 줄 일은 없어 보이지만, 죽기 전까지 백 번은 더 가고 싶은 곳이다.

다음은 시원하고 개운한 국물이 해장으로도 적격인 〈간판 없는 김치찌개〉다. 간판 없는 김치찌개를 검색하면 전국 곳곳의 음식점이 나오므로 종로구 경운동이 맞는지 확인해야 한다. 처음에는 상호가 따로 있었다는데 간판 없이 운영하는 곳으로 유명해지다 보니 그게 그대로 이름이 되었다. 지금이야 포털 사이트와 스마트폰이 있지만 정보 검색이 불가능했던 시절에는 정확한 상호를 찾아볼 길 없이 그 왜, 간판 없는 집 있잖아, 하고 불렀겠지. 어지간한 입소문이 아니면 1974년부터 지금까지 식당을 유지하기도 어려웠을 거다. 50여 년간 운영되고 있는데 음식 맛이야 의심할 것도 없다.

운현궁에서 인사동으로 넘어가는 좁은 골목 안, 간판 없는 김치찌개보다 몇 살 어린 천도교 건물 옆으로 '김치찌개 칼국수 콩국수 전문'이라고 써 붙인 글자가 보인다. 옹색한 폭의 골목이지만 야외 테이블도 몇 개 있다. 노부부를 포함해 네 명 정도의 인원이 운영하고 있는 이 집은 주방이 바로 보이는 1층과 좌식 공간인 2층을 모두 합치면 실내에도 열다섯 팀 정도는 앉을 수 있다.

역시나 고민할 필요 없이 인원수에 맞게 김치찌개가

(노포)

나온다. 이곳 김치찌개의 특이 사항은 어묵이 들어간다는 점이다. 냄비 안에 이미 어묵이 꽤 많이 들어 있는데 사리를 추가하면 곱빼기만 한 양을 더 넣어 주신다. 먹어 보기 전까지는 대부분 어묵 들어간 김치찌개를 별로 좋아하지 않는다고 말하지만, 나도 그랬어······ 이대 부근에 돼지고기, 햄, 참치, 순두부, 꽁치 등 다양한 선택지를 제공하는 김치찌개집이 있는데 그곳에서 어묵은 16강에조차 든 적이 없는 재료다. 그 생각을 바꾼 게 이 집의 어묵이다.

숭덩숭덩 투박하게 썰린 기본 어묵이지만 그래서 더 맛있다. 이자카야에서 쓰는 개성 강한 놈들을 넣었다면 절대 이런 개운한 맛이 나지 않았을 거다. 어묵과 김치를 걷어 보면 돼지고기도 꽤 많이 들어 있다. 밥과 김치찌개 건더기를 어느 정도 비웠다면 칼국수 사리를 넣어야 한다. 주방에서 한 번 삶아져 나오는 생면이라서 식감이 쫄깃하고 국물 맛에 큰 영향을 주지 않는다. 그렇게 마치 새로운 메뉴가 나온 듯 천연덕스럽게 냄비를 비우면 끝나는 코스.

은주정과 간판 없는 김치찌개. 하루가 멀다 하고 이것저것 사라지는 서울 한복판에서 꽤 오랜 시간을 버틴 식당이라는 점과 김치를 주재료로 쓴다는 점을 제외하면 분위기와 맛은 영 다르다. 다시 처음으로 돌아가자. 죽기 전에 두 곳의 김치찌개 중 하나만 먹어야 한다면…… 그건 도저히 고르지 못하겠다. 그날의 내 기분에 따라야 할 것 같다. 그런데 사장님들은 서로의 김치찌개를 맛본 적이 있을까? 쓸데없이 궁금하네.

(노포)

숙련된 뱃사공이 되는 길

라이프스타일 잡지를 만드는 에디터로 3년이 조금 넘는 시간을 일했다. 멍한 얼굴로 마주했던 모니터 화면은 정보를 항해하는 검색창과 문서들로 가득해졌지만 직업인으로서의 앞날은 망망대해를 만난 듯 계속해서 막막하게만 느껴졌다. 돈벌이의 세계는 왜 이리도 고단할까. 쓸모 있는 뱃사공이 되기 위해서는 끊임없이 다가오는 파도를 이겨내며 나의 능력을 증명해야 했다. 상사의 취향을 고려해 아이템을 기획하고, 정해진 주제에 맞춰 근사한 공간과 아름다운 오브제를 수집하고, 마감 시간에 쫓기며 키보드를 두드리고. 그렇게 한 달을 보내야 비로소 에디터라는 타이틀 옆에 내 이름 석 자를 적어 넣을 수 있었다. 하지만 목적지에 도달했다고 해서 늘 만족감을 느끼는 건 아니었다. 나의 시선은 자꾸만 선배들에게로 향했다. 비밀스러운 공간을 간결한 태도로 소개하는 사람, 몇 마디 대화로 인터뷰이와 마음을 나누는 사람, 위트 있는 표정으로 맛있는 문장을 짓는 사람. 야무지고 단단한 그들을 닮고 싶은 마음에 방향키를 잡은 나의 손이 조급하게 움직였다. 대부분은 숨겨지지 않는 풋내를 가리기 위해 애쓰는 몸짓이었다.

그럼에도 가끔은 움켜쥔 손에 힘을 풀고 편안한 표정을 짓게 되는 순간이 있었다. 타인의 목소리가 아닌 나의 이야기를 끌어올려 전달할 때. 석 달에 한 번 주제에 상관없이 온전히 내가 사랑하는 것들로만 지면을 꾸릴 때가 그랬다. 20페이지 남짓한 지면에 어떤 걸 담을지 고민하는 자체가 나를 돌아보는 일이기도 했다. 입사한 지 얼마 되지 않은 신참 에디터가 처음으로 고른 소재는 멜로 영화였다. 〈봄날은 간다〉나 〈사랑니〉처럼 몇 번이고 다시 봤던 작품과 그에 얽힌 소박한 연애담을 풀어놓았다. 두 번째는 주변 사람과 나눈 행복에 관한 대화를 시나리오 대사처럼 구성한 것이었고, 세 번째로 다룬 주제가 노포였다.

평소 좋아하는 오래된 가게들 중에서 독자가 궁금해할 만한 곳을 골랐다. 그때 상징적으로 필요했던 곳이 〈이문설농탕〉이다. 우리나라에서 가장 오래된 요식 업소. 그 시작이 1902년이라는 이야기도, 1904년이나 1907년이라는 보도도 있지만 셋 중 어떤 것이 정답이든 역사가 제일 긴 노포라는 사실에는 변함이 없다. 노포가 지나온 세월을 증명하기 위해 쓰는 방법 중 하나는 단골이었던 유명인을 내세우는 것이다. 대한민국 초대 부통령 이시영, 마라토너 손기정, 김좌진 장군의 아들이자 대한, 민국, 만세의 증조할아버지인 김두한 등이 이문설농탕의 단골이라고 알려져 있다. 하지만 노포를 몇 군데만 돌아봐도 김두한이 단골이었다는 가게가 한둘이 아니라는 사실을 알 수 있다. 유명인일 뿐 그가 맛집을 공인하는 인물은 아니니 대충 오래됐다는 이야기구나 생각하면 된다. 이 집이 오래된 곳이라는 사실을 설명하기 위해 내가 자주 꺼내는 레퍼토리는 김첨지다. 이상하리만치 운이 좋았던 하루, 김첨지가 사 간 설렁탕을 먹지 못하고 세상을 떠난 아내의 슬픈 이야기. 이문설농탕은 현진건의 소설 「운수 좋은 날」보다도 20여 년 먼저 생겨난 곳이다. 김첨지가 이곳에 들러 아내에게 줄 설렁탕을 샀을지도 모르는 일이다.

소설에서는 귀한 음식으로 표현되지만 설렁탕은 당시 끼니를 때우기 위해 급하게 시켜 먹는 패스트푸드에 가까웠다. 라이더로 북적이는 종로 거리는 본래 설렁탕을 나르는 배달부의 무대였던 셈이다. 설렁탕은 수많은 변화를 감내해야 했던 일제 강점기 사람들에게 찾아온 새로운 음식이었다. 기존의 맑은 고깃국과 달리 소뼈와 부산물을 오랜 시간 푹 고아 뽀얗고 진한 색을 띠었고, 간장이 아닌 소금으로 간을 맞추는 방식인 데다 파나 고춧가루도 직접 뿌려 먹어야 했다. 지체 높으신 양반들에게는 그게 체면이 서지 않는 일이었는지 귀부인이나 모던보이들이 배달을 시켜 남몰래 먹곤 한 것이다.

그렇게 경성을 풍미하던 설렁탕은 이문설농탕 상호에서도 알 수 있듯이 설농탕, 설렁탕, 설녕탕 등 통일되지 않은 다양한 이름으로 불렸다. 그건 어원이 확실하지 않은 탓도 있다. 당장 오늘 점심에 갔던 식당의 메뉴판만 떠올려 봐도 그렇다. 김밥. 김치볶음밥. 갈비탕. 어찌나 직관적인지 이름만 보아도 그 맛을 쉽게 짐작할 수 있다. 그에 비해 '설렁'은 대체 무엇을 뜻하는 말인가. 오랜 시간 통설로 받아들여지는 건 농사를 다스

리는 신 '선농'에게 제사를 지내고 끓여 먹던 고깃국에
서 유래되었다는 이야기지만 내가 좋아하는 설은 따로
있다. 국물 색이 눈처럼 뽀얗고 진한 빛깔을 띠고 있어
서 설농雪濃이라는 이름이 붙었다는, 사료를 찾을 필요
도 없는 단순한 이야기. 쌀쌀한 겨울에는 유부나 튀김
이 잔뜩 들어간 뜨끈한 우동을 찾곤 했는데(우동은 을지
로에 있는 〈동경우동〉이 좋다), 이 이야기를 알게 된 후로는
눈이 내리면 설렁탕이 먹고 싶어진다.

그 외에도 오랜 시간 설렁설렁 끓여야 해서 설렁탕이라
는 이름이 붙었다고 하는 설도 있는데 하찮은 만큼 사
랑스러운 유래다. 풋내를 숨기기 위해 경직된 얼굴로
바삐 움직이던 내게 조금은 가벼운 마음으로 보내는
하루도 쌓이고 쌓이면 푹 고아진 삶이 될 거라고 다독
여 주는 듯했다.

그렇게 여러 이유로 설렁탕을 찾는다. 눈이 와서, 하루
가 고단해서, 무엇보다도 빈속을 든든히 채우고 싶어
서. 처음 이문설농탕을 맛본 건 스물다섯 살, 아르바이
트 면접에 떨어진 후 헛헛해진 속을 채우기 위해서였
다. 점심시간이 조금 지나 내부는 한산했다. 어르신들
사이로 자리를 잡자 귀에 꽂은 이어폰에서 노래 한 곡
이 채 끝나기도 전에 깍두기와 배추김치, 그리고 설렁
탕 한 그릇이 나왔다. 진하고 뽀얀 국물 사이로 고기
몇 점과 하얀 소면이 보였다. 뚝배기에 담겨 나오는 순

〈노포〉

가락으로 국물을 살살 뒤적이자 토렴을 한 밥알이 모습을 드러냈다.

기대를 품고 국물을 한 큰술 떠서 입에 넣었다. 음? 한 입 더 먹었다. 음…? 원래 이런 맛인가? 꿉꿉한 고기 향이 입 안에서 맴돌 뿐 특별한 맛은 느껴지지 않았다. 프랜차이즈 음식점이나 학교 급식에서 먹던 자극적인 맛과 비교되는 무척 심심한 맛이었다. 아, 이게 원조의 맛이구나! 테이블 한편에 놓인 소금과 고춧가루에 자꾸만 눈이 갔지만 맹맹한 국물을 목구멍으로 연거푸 넘기며 애써 외면했다. 평양냉면에 겨자와 식초를 넣으면 제대로 먹을 줄 모르는 사람 취급을 당하는 것처럼 이문설농탕 역시 그 본연의 맛을 느껴야 한다고 생각했다. 그렇게 간이 되지 않은 고깃국물을 마시며 나는 예감했다. 아마 다시 오지는 않겠다고.

그러다 취재차 이문설농탕을 다시 찾게 된 것이다. 이번에는 함께 일하는 포토그래퍼 황씨와 함께였다. 푸짐한 비주얼을 위해 특 사이즈 두 그릇을 주문했다. 원래였다면 김이 폴폴 나는 국물을 바로 떠서 입에 넣었겠지만 촬영이 동반될 때는 결과물을 위해 한 발짝 뒤로 물러나야 한다. 국물 위에 파를 올리고 그릇의 구도를 맞춰 가며 먹음직스러운 사진을 만들어 낸 다음에야 그 맛을 혀로 느낄 수 있다.

기사에 참고할까 싶어 직원에게 맛있게 먹는 법을 물어보았더니 옆에 있는 소금으로 간을 하고 김치와 함께 먹으라고 했다. 심지어 깍두기 국물을 조금 부어도 좋다고…… 설렁탕은 원래 그렇게 먹는 것이었다. 지난 날의 나는 그것도 모르고 맹맹한 국물을 꾸역꾸역 마셨다. 자연스럽게 간을 하는 동료를 따라 소금을 한 스푼 넣었다. 진한 고기 냄새와 향긋한 파 향이 적절하게 간이 된 국물과 어우러지자 만족스러운 맛이 되었다. 그 이후로 뜨끈한 국물이 생각날 때마다 종종 들러 뚝배기 한 그릇을 비웠다. 누군가와 함께일 때보다는 혼자인 날이 더 많았다. 인공조미료가 들어가지 않은 이문설농탕의 국물은 자극적인 맛에 익숙한 요즘 사람들에게는 아무래도 낯선 경험이다. 이문설농탕을 운영하는 전성근 사장은 한 인터뷰에서 이렇게 말했다. "조미료가 들어가지 않아서 맛없다는 사람도 많아요. 이 맛이 익숙한 사람들은 좋다고 하는 거죠." 사장님은 그저 처음의 맛을 그대로 유지하는 것에만 신경 쓰고 있다고 한다. 말 그대로 설렁탕의 원형을 지켜 가고 있는 셈. 뽀얀 색을 내기 위해 프림이나 분유를 넣는 것이 밝혀져 많은 가게들이 사회적으로 지탄을 받았던 순간에도 이문설농탕은 커다란 솥에 재료를 넣고 몇 시간이고 불을 지폈다. 야무지고 단단한 맛을 내려면 이 방법밖에 없다는 듯이. 그 고집스러운 행동에는 일말의 꾀가 없었다.

오늘 점심에 찾은 이문설농탕에는 역시나 어르신들이

(노포)

많았다. 마주 앉은 자리에는 버킷햇을 눌러쓴 딸과 누 빔 재킷을 입은 엄마가 있었고, 노인 세 명으로 보였던 테이블은 자세히 살펴보니 노부부와 중년의 아들이다. 그들 틈에 자리를 잡고 설렁탕 한 그릇과 마나(만하)를 주문했다.

—마나 드셔 보신 적 있어요?
—아니요, 그냥 궁금해서요.
—그럼 일단 절반만 드셔 봐요.

왠지 먹는 것만으로도 힘이 솟아날 것 같은 마나는 소의 비장을 뜻하는데, 생김새는 분식집에서 먹는 간과 비슷하다. 평소 가리는 음식이 없기에 호기롭게 주문했는데 웬걸, 물컹한 식감에 내장 특유의 비릿한 맛이 강해 절반도 먹지 못하고 남겼다. 사장님의 혜안과 배려에 감탄하며 주변 테이블에서 들려오는 이야기에 귀를 기울였다. 엄마는 딸에게 네가 어릴 때도 이곳에 왔었다는 말을 하고, 노부부와 아들은 설렁탕 속 고기를 서로의 그릇에 전하느라 바빴다. 혹시나 나에게도 아들이나 딸이, 그리고 운이 좋게 손주가 생긴다면 삼대가 모여 오늘을 이야기하며 설렁탕 한 그릇을 먹을 수도 있지 않을까. 그때쯤이면 아무리 넓은 바다에서도 나만의 항로를 찾아내는 숙련된 뱃사공이 되어 있을지 모르겠다. 오랜 시간 푹 고아 낸 설렁탕 한 그릇처럼.

And Just Like That⋯

〈섹스 앤 더 시티〉가 돌아온다는 소식에 느닷없이 기뻤다. 캐리! 미란다! 샬롯! 사만다! 이 넷을 다시 볼 수 있다는 사실만으로 어찌나 기분이 좋던지. 전형적인 캐릭터들이지만 그들이 만들어 내는 관계는 꽤 알싸했다. 이제는 제법 다양한 형태로 생산되고 있는 삼십 대 여성의 이야기가 아닌 오십 대 여성의 서사를 어떻게 그려 낼지도 몹시 흥미로운 부분. 하지만 관련한 정보를 찾아보며 미간이 조금씩 찌푸려졌다. 사만다가 참여하지 않는다는 점 때문이었다.

현실 속 그들의 관계는 연출된 장면에서처럼 아름답지 않았다. 캐리와 사만다, 그러니까 사라 제시카 파커와 킴 캐트럴의 불화를 전하는 영문 기사를 마주할 때마다 그래, 드라마는 드라마일 뿐이지, 하고 넘겼지만 아쉬운 마음은 어쩔 수 없었다. 결국 20여 년 만에 시즌제로 부활한 섹스 앤 더 시티 리부트는 사만다를 제외한 세 명의 이야기로 진행됐다. 재생 버튼에 선뜻 손이 가지 않았다.

나는 생각했다. 사만다는 내심 이번 시즌이 망하기를 바라고 있지 않을까? 그에 대한 의리를 지켜야 하나? 내가 사만다의 친구는 아니지만…… 그보다, 나는 변화를 아무렇지 않게 받아들이는 사람이었나?

음식점의 경우라면 대부분 그렇지 않았다. 여름마다 가족과 피서하듯 다니던 냉면집은 주인이 바뀌었다는 소식에 맛을 보지도 않고 발길을 끊었고, 어느 노포 고깃집은 하얀 벽지로 도배해 버린 후로 물에 씻긴 비누 거품처럼 분위기와 술맛까지 말끔히 사라져 방문하지 않는다. 음식점에 대해서만 유독 날카롭다. 대체할 선택지가 많아서 그럴지도 모른다. 신당동에 있는 닭발집도 어느샌가 가지 않게 된 곳 중 하나다.

창신역 주변에 있는 공유주택에 살 때는 왕복 45분을 걸어서 닭발을 포장해 올 정도였다. 절대 후회하지 않을 맛이라고 친구들을 데려간 것도 여러 번. 어제 오늘 할 것 없이 드나들자 얼굴을 알아본 사장님은 음료수를 서비스로 주기도 했다. 그 집에 가면 최소한 네 가지 메뉴를 먹어야 한다. 먼저 닭발과 돼지갈비를 주문한다. 닭발은 숯불 향이 적절하게 밴 데다 크게 맵지 않아서 자극을 주되 고통은 주지 않는 자비로운 맛이다. 적당히 매콤한 닭발과 양념이 달콤한 돼지갈비를 상추 한 쌈에 포개 먹는다. 그 균형이 마음에 든다. 접시가 비어 갈 즈음 두부김치를 주문한다. 조리하지 않은 콩의 비린내를 싫어해서 다른 곳에서는 찾지 않는 메뉴지만 이 집은 두부를 노릇하게 부쳐 준다. 계란 옷을 입은 뜨끈한 두부에 고기가 넉넉히 들어간 볶음 김치를 올려 먹는다. 마무리는 라면. 이 집 라면은 주방을 급습해서 어떻게 끓이는지 관찰하고 싶을 정도로 유난히 맛이 좋다. 네 가지 메뉴 중 하나라도 빠지면 섭섭하다. 지브리 애니메이션에 나올 것 같은 주인 할머니와 이모님들도 친절하다. 낮술이 가능하고 일요일에 영업을 한다는 점도 좋다. 종로나 을지로 주변 상인들은 일요일에 단체로 찬양을 하러 가기라도 하는지 대부분 문을 닫는 까닭에 더욱 귀했다.

그러나 최후의 기억은 그리 좋지 못하다. 닭발에서는 이전만큼 불 향이 느껴지지 않았고, 접시를 둘러싼 두부는 유치가 빠진 아이의 치열처럼 듬성듬성해졌다. 볶음김치도 속을 몇 번 헤집어야 고기 하나가 보였다. 차라리 음식값이 오르고 맛은 그대로였다면 좋았을 텐데. 이제 오면 안 되겠다고 말하며 친구들과 횡단보도 건너 중앙시장에 새로 생긴 맛집으로 향했다. 그새 소문이 난 건지 20분 정도 줄을 서서 들어갔다. 무슨 메뉴를 주문했는지 맛은 어땠는지 기억나지 않는다. 심지어 가게의 이름조차 깜깜하다. 확실한 건 닭발집을 처음 찾았을 때만큼의 감동은 없었다는 것. 우리 세대의 캐리를 만날지 모른다는 기대감으로 보았던 〈에밀리, 파리에 가다〉 속 에밀리가 그저 에밀리였던 것처럼.

〈섹스 앤 더 시티〉를 처음 봤던 때가 떠오른다. 새벽 시간 온스타일 채널에서 말 그대로 스치듯 보았다. 지순한 미성년자였던 나는 엄마 몰래 빨간딱지 붙은 비디오라도 본 것 같은 죄책감에 다급히 채널을 돌렸다. 이미지가 아닌 영상으로 소비하게 된 건 함께 살던 사촌 누나 때문이었다. 당시 대학생이었던 누나는 영양제를 섭취하듯 하루에 한 편은 꼭 보았다. 섹스라는 단어만 봐도 얼굴을 붉히거나 와하하 웃어넘기던 나였지만 뉴욕을 배경으로 한 드라마 앞에서는 왠지 그런 태도가 세련되지 못하게 느껴졌다. 민망한 장면일수록 경험 많은 남자처럼 태연하게 화면을 응시했다. 하루빨리 어른이 되고 싶었던 남고생은 누나 옆에 앉아 매일 20분씩 맨해튼에 다녀왔다. 엄마에게는 영어 공부를 핑계로 댔지만 영어 실력은 당연히 일보도 전진하지 않았다. 대신 나를 버리면서까지 사랑을 할 필요 없다는 중용적인 태도나 친구 사이에 반드시 지켜야 할 선, 예를 들면 친구의 형제와는 절대 자지 말자, 정도의 삶의 팁을 얻었다. 덕분에 애정 전선이나 교우 관계가 파멸로 치닫는 일은 없었다.

드라마 속 장면의 메시지가 위기의 순간에 나를 살리기도 했다. 실수로 얼굴이 붉어지는 순간에는 캐리를 떠올렸다. 런웨이에 모델로 서게 된 캐리는 구두에 발이 걸려 우스꽝스러운 포즈로 넘어진다. 모두가 놀란 눈으로 쳐다보는 가운데 캐리는 고민한다. 이대로 무대에서 내려가 실패한 모델이 될지, 아니면 일어나서 끝까지 걸어 볼지. 캐리는 걷기를 선택했고 사람들은 환호한다. 그 박수를 생각하며 나는 여러 번 일어섰다. 친구의 절망 앞에서는 샬롯의 표정과 격앙된 목소리가 나왔다. 미란다의 커다란 엉덩이를 조롱하는 남자들에게, 끝내 결혼식장에 오지 않은 캐리의 남편을 향해 매번 친구를 대신해 더 큰 울분을 터뜨리던 그의 모습이 나에게 우정의 자세를 가르쳐 주었다. 누군가에게 의존하는 기분이 들 때면 미란다의 결단을 기억했다. 헤어진 연인과의 섹스 이후 아이가 생긴 것을 알게 됐을 때에도 오롯이 혼자 고민하고 자신의 결정에 대한 책임을 지는 그가 어른처럼 보였다. 애인을 너무 사랑하게 된 나머지 내가 사라지고 있다고 느낄 때면 사만다의 대사를 주문처럼 외웠다. I love you. But I love me more.

섹스 앤 더 시티 리부트 〈And Just Like That…〉을 본 건 이 글을 쓰기 시작한 후다. 이 드라마를 얼마나 좋아했는지 설명하다 보니 일종의 향수와 책임 의식이 생겼다. 많은 것이 변해 있었다. 등장인물 한 명이 빠진 자리는 오프닝 음악이 사라진 것만큼 허전했고, 자라나는 줄기 같았던 배우들의 얼굴은 어느새 가을빛을 띠고 있었다. 극 중 사망하는 인물이 생겼고, 촬영하다가 실제로 세상을 떠난 배우도 있었다. 브런치를 먹으며 나누는 대화의 토픽도 어제 만난 남자와의 잠자리에서 정체성을 고민하는 딸이나 아들 방에서 발견한 콘돔 같은 것으로 바뀌었다. 젊은이들 앞에서 실수하지 않으려고 진땀을 흘리고 그들에게 꽉 막힌 사람 취급을 받는 누나들을 보는 심정은 서글펐다. 최고로 잘나가는 도시에서 최고로 잘나가던 사람들이었다고, 나는 방구석에서 외쳤다. 지난 공백을 설명하려는 듯한 억지스러운 연결도 있고, 시대의 감수성을 보여 주려는 설정들도 마냥 매끄럽게 느껴지진 않았다. 그럼에도 좋았던 건 인물들이 변화를 받아들이는 자세였다. 하얗게 변해 버린 머리카락을 염색하는 게 어떠냐는 샬롯의 말에 미란다는 말한다. "이제 붉은 머리는 필요 없어. 과거의 모습에 멈춰 있을 수는 없잖아."

변하지 않는다는 건 애초에 어려운 일 아닐까. 끝나지 않을 것 같던 우정은 사랑처럼 떠나가고, 확고하다고 여긴 취향은 침이 닿은 음식처럼 변덕스럽다. 좋은지 나쁜지 판단할 새도 없이 시시각각 자라나는 손톱처럼 우리는 조금씩 변해 간다. 그리고, 그냥, 그렇게… 변화를 받아들이는 자세는 변하지 않는 것만큼이나 어렵고 멋진 일이다. 가능하다면 세월이 흘러 할머니가 된 캐리, 미란다, 샬롯, 사만다의 모습도 보고 싶다. 어릴 때 보았던 누나들처럼 화려할 필요는 없다. 돋보기로 책을 읽어도, 허리가 굽어 제대로 걷지 못해도 괜찮을 거다. 누나들이라면 분명 멋진 안경테를 쓰고 패셔너블한 지팡이를 짚고 있을 테니까.

그제는 오랜만에 신당동 닭발집에 다녀왔다. 소싯적 때깔에는 미치지 못했지만 라면 맛은 여전했다. 게다가 난 아직도 여기보다 두부를 맛있게 부치는 곳을 찾지 못했다. 그래, 모든 것은 변한다. 물가도, 사람도, 닭발집 주인 할머니의 손맛도…… 어쩌면 눈앞의 이 접시는 양을 줄일지 가격을 올릴지 백번 고민한 끝에 나온 결과물일지도 모른다. 부모님과 함께 다녔던 냉면집에도 다시 가 볼 생각이다. 맛이 좀 달라졌대도 이제 상관없다. 둘러앉아 그때의 여름을 나눌 수 있다는 것만으로도 어디선가 낡은 선풍기 바람이 불어오는 것 같다.

덧. 〈And Just Like That…〉 두 번째 시즌에는 사만다가 나온다고 한다. 다른 출연자와 만나진 않는다지만 출연만으로 기쁘다. 나의 추억이 그에게도 고통만은 아니었던 것 같아서.

누구도 아닌 나를 생각하는 마음

우리 언젠가 포르투갈에 가자. 도우로 강이 보이는 공원에 뭐든 깔고 앉아 그린와인을 마시자. 친구와 버릇처럼 반복하던 말이 떠올랐다. 자의는 아니었지만 나는 백수 신세였고 마침 친구도 그랬다. 오래도록 되뇌던 그 말을 현실로 만들 적기가 지금이라는 생각이 들었다. 우리는 당연한 일을 해치우듯 리스본행 비행기를 끊었다.

코로나 시국에 떠나는 여행은 준비할 것이 많았다. 영문으로 된 3차 백신 접종 증명서, 여행자 보험, 유럽 백신 패스, 여권 사본, 머물지도 않을 스위스 호스텔의 숙박 예약 기록, 두 달 후 한국으로 돌아오는 티켓까지. 무작정 공항으로 달려가 "가장 빠른 티켓으로 주세요" 같은 말을 하는 건 애초에 불가능했다. 우리의 일정은 55일. 약 두 달간 리스본과 포르투 두 도시에만 머물 거였다. 가까운 친구 두 명과 나란히 떠나는 여행이기에 불안함도 없었다. 셋이 함께라면 여권을 잃어버린들 복도에 쥐가 나온들 해결 못할 일이 뭐가 있을까.

비행기 출발 시각은 달이 뜨는 12시 55분. 알람도 맞추지 않고 느지막이 일어났다. 출항까지 약 열다섯 시간이 남았다. 아직 캐리어도 꺼내지 않았지만 빈속을 달래기 위해 여행 전 미리 비워 둔 냉장고를 등지고 집을 나섰다. 혼자 하는 식사는 햄버거나 국밥 정도로 해결하는 게 보통이지만 오늘은 조금 더 그럴듯한 것으로 속을 채우고 싶었다. 당분간 한식을 먹지 못할 것이라는 아쉬움과 먼 길 떠나기 전 든든한 한 끼로 스스로 응원하고 싶단 마음이 공존했다. 그렇다면 떠오르는 음식은 하나다. 삼계탕. 이왕 하는 몸보신이라면 제대로 찾아가야지. 지하철을 타고 경복궁역으로 향했다. 2번 출구로 나가서 150m 정도 직진한 다음 왼쪽으로 꺾으면 믿음직스러운 간판이 시야에 들어온다. 〈토속촌 삼계탕〉. 서울 3대 삼계탕으로 꼽히는 곳이다.

복날에는 가게 앞으로 길게 줄을 선 장면을 뉴스에서도 볼 수 있는데 아직 복날이 되려면 한참 남았고 밥때도 아니었다. 매운 음식을 두려워하는 외국인으로 늘 붐비는 곳이지만 시국 탓에 명동 골목만큼 한산했다. 자리에 앉아 메뉴판을 살폈다. 산삼 배양근을 넣은 삼계탕이나 오골계나 옻닭으로 만든 것도 눈에 띄었지만 나는 산삼을 그리 좋아하지 않는다. 검정은 식욕을 떨구는 색이라 배웠고, 어쩌면 옻 알레르기가 있을지도 모른다. 마음 편히 오리지널 삼계탕을 주문하고 몇 년 전 친구와 근처를 걷다가 즉흥적으로 들어온 날을 떠올렸다. 그때는 지갑 사정이 어려워 한 그릇만 시켰었지…… 삼계탕 한 그릇을 끼니로 챙길 정도의 형편이 됐다는 게 새삼스러웠다.

삼계탕이 나오기 전에 직접 담근 배추김치와 깍두기, 편마늘과 된장 그리고 몸을 데워 줄 인삼주가 나온다.

미성년자에게는 인삼주를 주지 않는 건가? 그렇다면 참 안됐다…… 나는 올 때마다 한 병씩 포장해 갈 정도로 이 집 인삼주를 좋아한다. 몸 안에 건강한 기운이 퍼지는 듯 기분 좋은 쌉쌀함과 인삼의 달큼한 끝맛이 조화롭다. 술을 즐기지 않더라도 삼계탕 국물에 넣으면 향미가 좋아지니 버려서는 안 된다.

언뜻 보아도 꾸덕꾸덕한 국물에 고소한 잣과 해바라기 씨를 얹은 두툼한 닭이 나왔다. 숟가락으로 견과류를 슬쩍 저어서 국물부터 한술 뜨는데 크아, 단전에서부터 감탄사가 올라왔다. 이어서 부드럽게 찢기는 살코기를 소금 후추에 찍어 먹는다. 젓가락질이 서툴러서 육질이 뻑뻑한 고기를 바르면 종일 손아귀가 아픈데 불필요한 악력을 쓰지 않아도 돼서 좋다. 삼계탕의 백미 찹쌀밥을 접시에 덜어서 잘게 찢은 살코기와 함께 닭죽처럼 먹으면 비로소 속이 온화해진다. 뚝배기를 45도로 기울여 남은 국물까지 싹 비웠다.

삼계탕은 혼밥과 어울리지 않는 음식이다. 이날도 혼자 온 손님은 나뿐이었다. 삼계탕을 대하는 마음은 늘 타인에게로 향하니까. 복날을 핑계 삼아 닭을 뜯는 직원들을 흐뭇하게 지켜보던 대표, 몸이 허한 것 같다는 말을 기억하고 전복과 함께 큼지막한 닭을 고았던 엄마, 큰일을 겪은 친구와의 약속 장소를 삼계탕집으로 잡았던 나. 뜨끈한 그 음식 안에는 누군가를 보살피는 마음이 섞여 있다. 그러니까 오늘은 내가 자신을 보살

핀 셈이다.

그래서인지 새벽 비행도 큰 무리로 느껴지지 않았다. 간헐적인 수면과 몇 번의 식사 끝에 무사히 리스본에 도착했다. 이 도시에 대해 내가 가진 이미지는 게임 '대항해시대'의 본거지라는 정도였다. 혹은 끝말잇기를 할 때 '본드걸'을 부르는 단어라거나. 실제로 마주한 풍경은 낱말의 어감보다 묵직했고 게임 속 삽화보다 아름다웠다. 리스본은 1755년에 일어난 대지진으로 건물의 85%가 무너졌고, 지금 남아 있는 상점들 대부분이 그 후에 생겨난 것이라고 했다. 그럼에도 백 년을 훌쩍 넘긴 곳들을 쉽게 마주칠 수 있었다. 포르투갈의 전통 술 체리주를 5대째 판매하고 있는 거리의 작은 바 〈아진지냐 A Ginjinha〉, 수도원 수녀들이 다림질하고 남은 노른자로 개발했다는 에그타르트 상점 〈파스테이스 드 벨렘 Pasteis de Belem〉, 한식이 그리울 때 찾았던 해물밥 가게 〈우마 Uma〉, 그리고 이름도 모르고 우연히 들어간 많은 가게들까지. 넉넉한 일정 덕에 실패에 대한 걱정 없이 많은 곳을 다녔고, 활동 반경을 넓혀서 도시 외곽의 명소들도 방문했다. 호카 곶도 그중 하나였다.

리스본에서 북서쪽으로 40킬로미터가량 떨어져 있는 호카 곶은 대서양을 향해 불쑥 돌출된 절벽이다. 정식 명칭보다 '세상의 끝'이라는 별명이 더 유명한데, 커다

(노포)

란 유라시아 대륙의 최서단으로 고대 로마 시대부터 땅의 끝이라고 불렀다고 한다. 위도와 경도에 대한 개념이 없던 시절에 어째서 그렇게 부를 수 있었을까. 꼬불꼬불 먼 길을 지나 호카 곶에 도착하면 그 이유를 짐작하게 된다. 140미터가 넘는 화강암 절벽으로 직진하는 파도와 끊임없이 탄생하는 물거품, 저 멀리 작은 섬 하나 보이지 않는 수평선의 풍경. 세상의 끝이 아니라해도 무언가는 끝장날 것만 같은 분위기인 것이다.

친구와 나는 사진을 찍는 것도 잊은 채 잠시 말없이 섰다. 열세 시간의 비행 끝에 도시를 처음 마주한 때보다 이 순간 더욱 강렬하게 타지에 왔다는 실감이 났다. 십자가 달린 기념비에는 포르투갈 시인 카몽이스의 말 "여기 육지가 끝나고 바다가 시작된다"가 새겨져 있다. 나는 어떤 것을 끝내고 무엇을 시작할 수 있을까.

도심으로 돌아가는 버스를 기다리는데 친구가 물었다. 무슨 생각 했어? 생각난 사람 있어? 나는 내심 놀랐다. 여행 중에 누구도 떠올리지 않은 건 처음 같아서였다. 길을 걸을 때 옆에 있는 친구를 염두에 두는 건 일상이고 비행기를 타고 내릴 때는 제대로 된 여행 한번 하지 못한 엄마 아빠를, 잘 구운 문어를 먹을 때는 함께 오지 못한 친구를, 멋진 고서점에서는 나를 저버린 공간과 인물들을 떠올렸다. 그런 내가 절벽 앞에서는 누구도 아닌 오직 나를 생각했다. 내일을 살기 위해 버려야 할 것들, 이를테면 무기력한 얼굴과 주변의 걱정 같은 것들을 절벽 아래로 던져 버렸다. 내 상태가 괜찮지 않을 수 있다는 사실을 인정하고 있는 그대로의 내 모습을 건져 올려 격려했다. 호카 곶에 머문 30분 불과한 시간 동안 푹 끓인 삼계탕이라도 먹고 온 것처럼 충만한 기분이 들었다. 마주하기 두려워 피해 온 나의 내면을 들여다보는 데 드는 시간은 딱 그 정도면 되었다. 가끔은 나만을 위한 삼계탕도 괜찮다. 영양가는 알다시피 풍부하다.

굴을 싫어하던 소년

달력의 숫자가 두 자리로 바뀌면 기온이 눈에 띄게 떨어진다. 열흘 전만 해도 맨투맨에 반바지를 입었는데 하루아침에 정전기 나는 세탁소 비닐을 부스럭거리기 시작한다. 야외에서 하늘을 안주 삼아 음풍영월할 수 있는 날도 얼마 남지 않았다. 학교 뒤뜰에서 보던 온도계 속 빨간 액체가 알코올이라는 사실을 얼마 전에 알았다. 붉게 단장한 알코올은 점차 그 자세를 낮추지만 우리의 혈중 알코올 농도는 살짝 높여도 좋은 때다. 봄의 나들이, 여름의 피서, 초가을의 야장처럼 그 계절에 마땅히 해야 할 일이 있는 거라면 늦가을부터 겨울에는 본격적으로 혀의 감각을 만족시키는 술자리에 가야 한다. 바야흐로 해산물의 계절인 것이다.

소금 간이 적절하게 밴 대하구이, 기름기 낙낙해도 묵은지 하나 올려 먹으면 끝도 없이 들어가는 대방어, 깨끗하게 삶아 양념간장을 두루두루 뿌린 꼬막, 당장 을지로로 달려가고 싶어지는 과메기, 추운 날이 아니면 먹기 어려운 굴까지. 열량은 낮으면서 영양가는 풍부한 하나같이 아름다운 존재들이다. 어릴 때부터 해산물이라면 지겹게 먹어 왔어도 아직껏 질리지 않았다. 때마다 호감도가 달라지기에 등수를 매기는 건 쉽지 않지만 내 마음속 제일은 역시 굴이다.

굴은 어떻게 먹어도 맛있다. 계란옷 입혀 노릇하게 구워 낸 굴전은 내가 가장 좋아하는 음식이다. 하얀 쌀

41

밥 위에 툭 올려 쓱쓱쓱쓱 비벼 먹는 어리굴젓은 미쳤고 일본에서 먹어 본 카키후라이(굴 튀김)도 잊을 수 없다. 샤부샤부를 먹을 때도 굴은 존재감을 뿜낸다. 처음부터 함께해도 좋지만 칼국수나 죽을 만드는 단계에 보태면 음식 맛이 몇 등급은 올라간다. 감바스 재료로 새우 대신 굴을 선택해도 특유의 풍미가 배로 살아난다. 조금 더 특별한 오일 파스타를 만들고 싶을 때 참나물과 굴을 활용하면 화이트 와인 한 잔이 간절해진다. 보쌈이나 족발에 굴 무침을 곁들이면 그야말로 축제다. 원래 맛있는 거에 맛있는 거를 더하면 그렇다. 계란 푼 너구리 제외.

이러니 질릴 틈이 있을 수가. 갖가지 방법으로 굴을 즐길 수 있지만 돌고 돌아 결국 찾게 되는 건 역시 기본이다. 굴의 기본이라면 아무래도 석화다. 신선한 생굴에 레몬을 살짝 뿌려 초고추장과 마늘까지 한입에 호로록…… 비린 맛은 사라지고 고유의 향은 도드라진다. 줄 세워 먹는 탓에 매년 노로바이러스로 고생하더라도 포기하지 못한다. 그래도 금붕어는 아니기에 이온음료로 연명하던 날들의 괴로움이 스멀스멀 떠오를 때면 굴찜을 먹는다. 굴에 붙은 유해균은 열을 가하면 말끔히 사라진다. 부피의 대부분을 껍질이 차지하지만 곳간을 채워 둔 부잣집 대감처럼 표정조차 여유로워진다.

나도 처음부터 굴을 좋아했던 건 아니다. 확실히 굴을

싫어하는 소년이었다. 하긴 굴을 좋아하는 아이는 흔치 않지. 굴과 친해진 건 지역적 필연이다. 우리 아버지의 고향, 그러니까 내가 명절마다 꼬박꼬박 내려가야 했던 시골집은 전라남도 고흥이다. 땅끝이라면 통상 해남을 떠올리지만 고흥 역시 끝이라고 해도 무리가 없을 정도로 아래쪽에 있다.

행여나 아빠가 졸음운전을 하면 추락하지 않을까 불안했던 굽이진 해안도로를 달리면 작은 바닷마을이 나왔다. 피곤한 얼굴을 숨기고 입꼬리를 올려 집으로 들어가면 벽에도 소금이 묻어 있는 게 아닐까 싶을 정도로 곳곳에 짭짤한 향이 스며 있었다. 주름진 인사를 마치고 영문 모를 얼굴로 거실 소파에 앉아 있으면 창밖으로 너울거리는 바다가 보였다. 헤엄치고 모래성 쌓는 낭만의 해변은 아니었다. 촌락을 감싼 짠물은 그곳에 사는 사람들을 굶기지 않게 할 밥술이었다. 식사 전에 기도를 해야 한다면 마을 꼭대기에 있는 십자가가 아니라 그 바다를 향해 올리는 게 마땅했다.

바닷가에는 굴막이 벌집처럼 모여 있었다. 모두 똑같이 생겼지만 문패를 걸 필요는 없었다. 다들 자기 집을 알고 있었다. 대추나무가 서 있는 마당을 가로질러 내려가면 우리의 굴막이 있었다. 이음새가 어설픈 문을 열고 안으로 들어서면 곳곳에 살점을 분리해 낸 패각이 능처럼 쌓여 있었다. 마을 사람들을 먹여 살렸던 바다의 성물, 굴의 흔적이었다.

할머니를 비롯한 가족 구성원들은 종종 그 작업장에 모였다. 욕탕에서 쓸 법한 작은 의자에 걸터앉아 작은 칼이나 송곳, 갈고리 같은 도구로 뜨겁게 익힌 굴을 하나하나 발라내던 할머니의 모습이 내가 기억하는 시골의 풍경이다. 아들, 딸, 손주의 입에 차례로 굴을 넣어 주던 할머니. 굴의 생김새도 향도 맛도 싫었지만 몸에 좋다며 한 번만 먹으라는 엄마의 성화에 어쩔 수 없이 꿀꺽 삼키곤 했다. 나와 어린 사촌들의 소원은 굴 대신 소고기가 들어간 떡국을 먹는 것이었다. 물론 그런 일은 일어나지 않았다. 우유도 싫어했던 나에게 굴이 바다의 우유라는 회유는 아무런 설득력이 없었다. 굴은 맛있는 음식이 아닌 게 분명하고, 어른들은 지독히도 건강을 생각하는구나, 이런 생각을 했던 것 같다.

그것이 잘못된 생각이었다는 건 성인이 되고 나서야 알았다. 건강에 이롭다는 점도 분명 매력이지만 어른들은 그보다 굴이 맛있어서 먹은 거였다. 갓 수확한 굴을 그 자리에서 바로 삶아 먹는 맛이 대체 얼마나 좋았을까. 어쩌면 엄마는 내 입에 넣어 주는 그 한 피스조차 아까웠을지 모른다. 굴 맛을 몰라 제대로 즐기지 못한 그때의 아쉬움을 그나마 풀 수 있는 곳이 청량리에 있다. 청량리 청과시장 골목에 있는 〈고흥아줌매〉다.

상호에서 알 수 있듯 고흥에서 올라온 아줌마였을, 이

제는 나이 지긋한 할머니가 된 사장님이 운영하는 음
식점이다. 30년이 훌쩍 넘은 곳으로 주변 상인들도 자
주 찾는 곳이라고 한다. 저렴한 가격으로 다양한 안주
를 맛볼 수 있는데 그중 10월 말부터 3월까지만 판매
하는 석화찜은 꼭 먹어 봐야 한다. 커다란 냄비에 김이
폴폴 나는 석화가 추수를 마친 농부의 밥그릇처럼 고
봉으로 나온다. 할머니가 고무장갑을 낀 채 납작한 칼
로 뜨거운 굴을 하나하나 까 주신다. 가게가 바쁠 때는
직접 하라고 칼만 주신다는데 나는 아직까지 그랬던
적이 없다. 다정하지 않은 인상에 다정한 행동. 손님을
홀리는 노포 주인의 정석이라 할 수 있지. 초장을 찾는
친구의 물음에 할머니는 역시나 톡 쏘는 말투로 답했
다. "일단 한번 먹어 보고 말혀라." 우리는 순순한 몸짓
으로 접시에 올려진 굴을 무엇도 곁들이지 않고 맛보
았다. 바다 선생이 우리 몰래 마법의 조미료라도 뿌린
걸까. 양념을 더하지 않아도 짭짤한 맛과 고소한 향이
입 안 가득 퍼졌다.

감동한 우리의 표정을 본 할머니는 한참 동안 고흥 굴
에 대한 예찬을 늘어놓았다. 다른 지역은 이렇게 오동
통하게 살이 오르지도 않는다, 간이 맛있게 배지도 않
는다, 뭘 모르는 사람들이나 다른 굴 찾지 아는 사람은
고흥 굴 찾는 거다. 다른 지역 사람들의 입장은 다를
수 있지만 왕년에 고흥에서 굴 좀 먹어 본 나로서는 할
머니의 말에 백번 맞장구를 쳤다. 굴이 아닌 다른 안주

를 먹을 때도 재료가 좋아야 한다는 걸 강조하시는 걸 보면 단순히 고향에 대한 애정만으로 하는 말씀은 아닐 거다.

더욱 고소하고 짜릿한 맛을 보고 싶다면 육회도 함께 주문해야 한다. 육회는 본디 이 집의 베스트셀러다. 뜨끈한 석화찜 위에 육회를 조금 얹어서 같이 먹으면 정신이 혼미해진다. 과장을 조금 보탠 진실이다. 근 몇 달간 먹은 음식 중 최고였다.

자애로운 손맛에 그렇지 못한 얼굴을 한 고흥 아줌매를 만나고 집으로 돌아오는 길, 똑 닮은 인상의 내 조모가 떠올랐다. 누구는 할머니를 생각하면 자다가도 눈물이 난다던데 어쩜 나는 점점 메마르기만 한다. 자신의 배로 낳지 않은 아들에게 반절의 애정만을 준 할머니는 내가 아는 한 세월이 흘러도 변하지 않았다. 한번은 명절에 문안 전화를 드렸는데 나를 사촌 형으로 착각하고 축제 같은 목소리로 반색하며 답했다. 할머니의 그런 음성이 낯설었던 나는 실수인 척 수화기를 내려놓았다. 다른 사람을 두고 우리 누나에게만 일을 시켰을 때, 엄마가 내려오지 않았다고 온종일 이어지는 험담을 내 귀로 들어야 했을 때, 나는 비린내 나는 이 동네에 대한 마음을 잃었다.

아버지는 여전히 때맞추어 고향으로 향한다. 여러 가

지 핑계로 피하다가 오랜만에 아빠의 귀향길에 동행했다. 그건 순전히 아버지에 대한 연민 때문이었다. 잘해 준 것 하나 없을 늙은 어미를 만나러 가는 나의 아비가 눈에 밟혔다. 기껏 찾아간 아들 앞에서 계모는 늘 그랬듯 자기 배 아파 낳은 자식을 찾지 않을까. 온전히 환영받지 못할 슬픈 자식의 옆을 지키고 싶었다.

시간이 꽤 걸려 도착한 시골집은 명절임에도 조용했다. 할머니가 느린 걸음으로 마중을 나왔다. 며느리들 뒤를 쫓으며 잔소리하는 게 일이었던 그는 어느새 지팡이 없이는 걷지도 못했다. 작아진 목소리는 우리 귀까지 닿지 않았고 식사량도 확연히 줄었다. 자식은 알아보았지만 입에 굴을 넣어 주던 손주들은 구별하지 못했다. 한층 더 나이가 든 노파는 잠이 많아졌다. 집에 손님이 있어도 대부분의 시간을 침대에서 보냈다. 중간중간 알 수 없는 말을 잠꼬대처럼 웅얼거리기도 했다. 할머니도 자면서 꿈을 꾸는 걸까.

꿈속에서는 지팡이 없이 바닷가를 걷고 있을까. 어쩌면 우리에게 굴을 까 주고 있을지도 모른다. 나는 이제 굴을 좋아하는데. 할머니 꿈속의 나는 여전히 얼굴을 찡그리고 있겠지. 맛없는 굴을 어쩔 수 없이 삼키던 나. 그립지 않은 할머니를 어쩔 수 없이 보러 간 날.

덧. 이 글을 쓰고 일주일이 지난 날 할머니가 돌아가셨다. 사랑보다는 미움과 원망이 담긴 글을 쓰며 내 안에 삐죽한 것만 남아 있다고 여겼는데, 영정을 앞에 두니 다정한 기억들도 모습을 드러냈다. 굴을 입에 넣어 주던 모습도 그중 하나다. 지금처럼 굴을 좋아했다면 할머니를 더 사랑할 수도 있지 않았을까. 서울로 올라가는 나를 놓지 않던 주름진 손을 곱씹으며 미움도 날렸다. 별별 사랑과 오만 한을 품고 한 세대가 사라졌다.

(노포)

취미는 노포

회식을 좋아하느냐는 질문에 그렇다고 대답하는 직장인이 얼마나 될까. 아니, 있긴 있을까? 그렇다면 선거를 앞둔 여론 조사원처럼 옷자락을 붙들고 물어보고 싶다. 대체 어떤 점이 좋은 건가요…… 드라마 속 장면이나 친구들의 푸념을 두고 보자면 회식은 온통 해악이 될 요소뿐이었다. 업무의 연장처럼 느껴지는 상사의 관심, 때로는 수치심을 주는 행동이나 무례한 언행, 그 사이에서 발생하는 뒷말, 사전으로 엮지 않고서는 외우기도 힘든 주도酒道, 고단한 정신과 소모되는 사회성, 경련이 날 것 같은 안면 근육까지. 이따금 삶의 이유가 되곤 하는 고량진미와 약주 한잔도 회식이라는 글자 앞에서는 맥을 못 춘다.

일반적인 회사에 다녀 본 적 없는 나는 그토록 치가 떨리는 회식도 경험한 적이 없다. 잡지사에서는 술을 마시지 않는 크리스천 대표님 덕에 점심 회식이나 취기도 들지 않는 칵테일 한 잔을 마시는 것이 전부였다. 그조차도 가끔은 진땀이 났지만 주변 친구들, 특히 나라의 녹을 먹는 이들에게서 듣는 괴물 같은 이야기에 비하면 동화에 가까웠다. 그러니 더 궁금할 수밖에. 어쩐지 나도 한 번쯤은 지독한 회식 장면 속 등장인물이 되어 보고 싶었는데 이번 생에 그런 신scene은 없는 건지 잡지사를 그만두고 들어간 편지 가게도 사정은 비슷했다. 연희점과 성수점 두 매장의 평일, 주말 스태프를 모두 합쳐도 인원은 아홉 명이 채 되지 않았다. 그 안에서 무슨 암투가 생기겠나.

평소에는 다른 지점 직원들을 만날 기회도 없었는데 마침 나의 선임 동료 한 명이 영국으로 유학을 떠나게 되어 환송회와 워크숍을 겸하는 회식이 잡혔다. 같은 일을 하는 사람들끼리 떠들 수 있는 장이 없어 아쉬웠던 차에 이런 소소한 자리라도 마련되어 조금은 들떴다. 평소보다 이른 시간에 매장 문을 닫고 연희동으로 모였다. 회식 장소는 고기를 산더미처럼 쌓아 주는 샤부샤부가 대표 메뉴인 이자카야였다. 참가 인원은 여섯 명. 메신저로만 소통하던 사람들과 처음으로 대면한 탓에 어색한 기운이 감돌았지만 동료를 만났다는 반가움이 더 컸다.

레몬이 들어간 하이볼을 주문하고, 일에 대한 질문으로 대화의 물꼬를 텄다. 각자 매장에서 마주한 상황을 공유하다 보니 두 매장을 찾는 이들의 모습이 사뭇 다르다는 걸 알게 됐다. 오래된 빵집 건물 4층에 있는 연희점은 접근성이 떨어지는 만큼 이미 브랜드를 인지하고 찾는 손님이 주를 이뤘다. 그래서인지 편지 쓰는 행위를 일상과 멀지 않게 느끼는 비율이 높았다. 그에 비해 성수점은 다양한 목적의 발걸음이 오가는 건물 안에 있었고, 주로 우연히 들른 손님들이 학창 시절 추억을 소환해 내곤 했다. 그들에게 편지는 과거를 떠올리게 하는 문득 그리운 날의 기억. 우리의 과업은 편지를 쓰는 일이 노스텔지어로 연결되지 않고 동시대의 문화가 되도록 만드는 것이다. 어떻게 하면 더 많은 편지가 오갈 수 있을까, 하는 사안까지 다루자면 고기가 뻣뻣해져 제맛을 유지하지 못할 터였다. 업무에 대한 자세한 담화는 차후로 미루기로 했다.

적당히 익은 건더기에 노른자를 묻히며 서로가 어떤 사람인지 물었다. 나이를 말하는 건 왠지 구식처럼 느껴져 깔끔하게 통성명부터 했다. 가만 보면 상대에 대해 알고자 할 때 이름과 나이만큼 빈약한 자료가 없다. 부모님 중 한 분이 무슨 성씨를 가졌는지, 88올림픽이나 2002월드컵을 실제로 봤는지 가늠할 수 있는 딱 그 정도의 말거리만 생기는 거다. 오히려 무슨 일을 하고 있는지가 더 많은 정보를 품고 있다. 우리는 같은 직장에 다니고 있으니 이전에 했던 활동을 말했다. 연극 일을 했던 사람, 잡지사 기자, 대학생, 소년보호시설에서 감호위탁을 돕던 선생님. 현재의 얼굴들에서는 쉽게 읽히지 않는 모습이었다. 그때도 지금 같은 표정을 짓고 지금 같은 언어를 구사했을까. 마치 다른 사람의 소개를 듣는 기분이었다. 감호위탁 시설에서 일했던 분의 경험담은 생전 처음 접하는 내용이라 몹시 흥미로웠다. 우리가 어쩌다 편지 가게에서 만나게 된 건지 신기할 정도였다. 일에 대한 이야기가 끝날 즈음 새로운 질문이 등장했다. 다들 취미는 어떻게 되세요?

소개팅이든 면접이든 빠지지 않고 나오는 클리셰 같은 물음. 취미를 묻는 사람 앞에서는 선뜻 단어를 꺼내지 못하고 음… 아… 같은 감탄사로 시간을 끌게 된다. 좋아하는 건 많은데 그중 어떤 걸 말해야 할까. 이럴 때는 대답의 우선권을 상대에게 넘긴다. 동료들은 하나씩 자신의 취미를 소개했다.

그림을 좋아하는 동료가 있었다. 실은 SNS에서 우연히 태그를 타고 들어가 그의 그림을 본 적이 있는데, 잘 모르는 나의 눈에도 세심하고 아름다운 작업물이었다. 그에게 그림은 취미이자 일이었다. 취미의 경험치가 쌓이다 보면 일이 되기도 하나 보다. 나에게 그런 취미는 없었다.

악기를 다루는 동료가 있었다. 저는 피아노를 쳐요, 라는 말에 곧바로 오… 하고 감탄사가 튀어나왔다. 종류를 막론하고 악기를 만지는 사람들은 왜 이렇게 멋있어 보이는지 모르겠다. 다들 어릴 때 피아노 학원 한 번씩은 다녀 본 경험이 있었다. 바이엘과 체르니, 지독하게 재미없던 악보를 이야기하며 웃었다. 그리고 아쉬워했다. 그때 배웠던 걸 까먹지 않았다면 참 좋았을 텐데. 몇 년 동안 배웠던 피아노는 나의 취미가 되지 못했다.

요가를 하는 동료가 있었다. 일하면서 짬을 내 땀까지 흘리는 사람들을 존경한다. 물론 이런 생각 자체가 운동을 취미가 아닌 과제로 본다는 방증이기도 하다. 나의 동료에게 요가는 건강이나 자기계발보다는 그저 즐거움이었다. 몸을 쓰는 일에 서툰 나는 운동과 담을 쌓고 살고 있다. 첫 번째 벽돌을 세운 날은 아마도 엄마가 데려간 태권도 학원에서 울면서 뛰쳐나왔던 날인 듯싶다. 런데이 앱을 친구 삼아 꾸준히 러닝도 해 보고 헬스장도 다녀 보고 요가 원데이 클래스도 들어 봤지만 모두 나의 취미가 되지는 못했다.

게임을 하는 동료가 있었다. 그는 자신의 취미를 덕질이라고 설명했다. 정확한 이름까지는 기억나지 않는데 아이돌 그룹을 만드는 게임이었다. 여느 모바일 게임처럼 가챠를 통해 캐릭터를 수집하고 나만의 조합을 꾸려서 무대를 만드는 리듬게임이었다. 동료는 원하는 멤버나 의상을 얻기 위해 가끔 현질을 하는데 그렇게 한 달에 몇백만 원을 쓰는 사람도 많다고 했다. 역시 덕질 장사는 돈이 되는구나. 일본에서는 경주마를 캐릭터로 형상화한 게임도 있는데(게임 이름은 '우마무스메', 우리말로 번역하면 '말딸'이라고 한다…), 소수의 문화가 아니라 대중적인 인기를 누리고 있다고 했다. 이름조차 알지 못했던 게임인데 그렇게나 팬이 많다니. 내가 모르는 세상이 참 넓구나 하며 경청했다. 나는 꾸준히 하는 게임은 없다. 어렸을 때 하던 고전 게임을 다시 하는 것도 좋아하고 시간을 때우기 위해 모바일 게임도 하지만 금세 질려 버려 시선을 돌린다. 게임도 나의 취미라고 하기에는 부족하다.

동료들의 취미를 듣고 보니 오히려 대답이 더 어려워졌다. 내 취미는 뭘까. 음악 듣는 걸 좋아한다. 집에서나 밖에서나 재생 버튼을 가만두지 않는다. 하지만 좋아하는 아티스트의 노래만 주야장천 듣는 스타일이라 음악적 식견이 높지는 않다. 영화를 보는 것도 좋아하지만 어디 가서 시네필이라고 말할 정도는 아니다. 걷는 것을 좋아하지만 춥거나 더우면 실내로 들어오고, 영상을 남기는 걸 좋아하지만 미루고 미루다 거의 울면서 편집한다…… 한참을 고민하다 입에서 맴돌던 말을 그대로 뱉었다. 저는 그냥 사람 만나서 노는 거 좋아해요. 만약 이 자리가 면접이었다면 면접관은 나를 보고 이렇게 말하지 않았을까. 네, 김기수 씨. 수고 많으셨고요. 이대로 나가서 쭉 놀면 되겠습니다. 단점을 물어도 교묘한 방식으로 장점을 돌려 말해야 하는 것처럼 어떤 자리에서는 취미도 그렇다. 영화나 음악 같은 뻔한 대답 말고, 적당히 건강하고 생산적이면서 사람들의 호기심이나 공감을 끌 만한 그런 것. 특별히 눈에 띄게 좋아하는 것이 없는 나는 그 자리를 공석으로 두었다. 오늘은 나의 외향적인 성향에 대해서만 대충 설명하고 넘어갔다. 매가리 없는 이야기가 자연스레 MBTI 쪽으로 흘러갔다.

회식이 끝나고 다시 각자의 업무 전선으로 뛰어들었지만 내 머릿속은 한동안 취미에 대한 생각으로 가득했다. 취미와 관련된 콘텐츠도 찾아보았다. 강의를 제공하는 여러 플랫폼과 동호회 모임들, 자기소개서 취미 작성 비법, 취미의 종류와 추천 글과 각종 후기. 어느 웹 사이트에는 '취미 계급도'라는 것도 있었다. 여러 취미를 차트로 구분해 놓았는데 요트와 승마는 고급스럽고 멋진 것으로, 온라인 게임이나 피규어 수집은 멋지지 않은 것으로 규정되어 있었다. 내가 좋아하는 것들의 위치를 확인하다 마음만 복잡해졌다. 이럴 땐 가장 쉬운 방식으로 접근하는 게 좋다. 단어 뜻 알아보기. 포털 사이트에 접속해 사전을 클릭했다. 표준국어대사전이 말하는 취미는 이러했다.

취미趣味   1. 전문적으로 하는 것이 아니라 즐기기 위하여 하는 일.
2. 아름다운 대상을 감상하고 이해하는 힘.
3. 감흥을 느끼어 마음이 당기는 멋.

사회적인 시선을 걷어 낸 취미는 단순했다. 즐기기 위하여 하는 일. 취미이기에 전문적일 필요는 없었다. 식견이 얕아도, 열광하는 마음이 없더라도 얼마든지 취미라는 이름을 붙일 수 있었다. 장 피에르 주네 감독의 영화 속 주인공 아멜리에 폴랑은 취미가 아주 많다.

영화관에 앉아 있는 사람들 관찰하기, 곡식 자루에 손 넣기, 크렘 브륄레의 캐러멜을 티스푼으로 깨트리기, 생 마르탱 운하에서 물수제비뜨기. 하나같이 그녀가 즐기는 것이었다.

나는 오래된 간판을 좋아한다. 길을 가다가도 노포를 발견하면 멈춰 서서 정면으로 사진을 남긴다. 지나왔을 세월을 가늠한다. 지도에 저장하고 언젠가 와 보리라 다짐한다. 가벼운 결심을 현실로 옮기는 건 더 좋아한다. 머리가 희끗한 사장님과 대화하는 것도, 오랜 장사로 약간은 까칠해진 표정을 웃음으로 무너트리는 것도 즐겁다. 화려하지 않아도 정갈하게 차려진 밥상을 만족스럽게 바라본다. 시간이 쌓인 맛을 혀로 느끼는 건 감미롭다. 술기운으로 붉어진 얼굴은 따뜻하다. 사장님이 보지 못하더라도 정성스레 후기를 남긴다. 내 마음도 조금은 어여쁜 기분이 되어 푹 잠이 든다. 가끔은 그날의 분위기가 꿈에서도 재현된다. 그러니까 나의 취미는 노포가 아닐까.

노포에도 취미라는 이름을 붙일 수 있는 것인지 아직도 헷갈린다. 다만 취미를 말할 기회가 또 생긴다면 그때는 얼버무리지 않고 노포,라고 대답해 보려고 한다. 미지근한 반응이 돌아와도 찬찬히 그리고 아주 즐거운 얼굴로 내가 좋아하는 것에 대해 설명해야지. 어쩌면 함께 취미

생활을 할 수 있는 든든한 동행자가 생길지도 모르겠다.

우리는 분위기를 사랑해

일이 끝나고 정류장으로 걸어가는 길에 동료들과 늘 하는 말이 있다. 오늘 저녁은 뭐 먹을 거예요? 몇 마디 말이면 쉽게 좁혀지는 점심 메뉴와 달리 저녁은 순전히 나의 선택에 달려 있다. 먹고 싶은 게 없다는 동료들 사이에서 내 머리는 바쁘게 움직인다. 먹고 싶은 건 많고, 아무거나 섭취할 수는 없다. 떠오르는 음식을 하나하나 입에 넣는 상상까지 해 가며 후보군을 추린다. 하루의 노고를 풀 자극적인 음식으로 노선을 정했다면 다이어트나 위장 건강 같은 건 따지지 않고 진실하게 먹고 싶은 메뉴를 고른다. 그렇지 않을 땐 내 몸이 기뻐할 만한 것으로 정하기도 한다. 오트밀을 이용한 요리나 계란과 두부가 주재료인 음식. 그게 아니면 쌈 채소라도 잔뜩 먹는다. 입은 좀 덜 만족스럽더라도 몸이 가벼워서 좋다.

맛있는 걸 먹고 싶은데 건강도 챙겼으면 할 땐 주로 파스타를 만든다. 조리 과정이 어렵지 않고 재료 선택이 자유롭다는 점이 좋다. 겨울이면 생굴을 파스타 면과 함께 볶아서 살짝 구운 레몬을 뿌려 먹기도 하고, 봄에는 올리브오일을 베이스로 참나물이며 냉이며 그 순간 마음에 드는 봄나물을 아무거나 골라 요리한다. 장을 보지 않아도 냉장고에 묵혀 둔 칵테일 새우나 베이컨, 치즈만으로 재료는 충분하다. 사실상 볶음밥과 다름없는 난이도…… 실제로 서구권에서는 그 정도로 친숙한 요리라지만 우리에겐 파스타 하면 느껴지는 특유의 무드가 있다. 나로서는 영화 〈시월애〉의 영향이 컸다. "우울할 땐 요리를 하세요." 광고 속 캐치프레이즈처럼 귀에 쏙 박히는 대사와 면발을 벽에 던져서 익었는지 확인하는 젊은 이정재의 귀여운 모습들이 근사한 색감의 컷들로 남아 파스타는 고급 음식이라는 인식이 내겐 여태 유효한 것이다.

급식에 나오는 토마토 스파게티를 제외하고는 대학생 누나의 손을 잡고 가야 했던 솔레미오나 소렌토가 전부였던 시절을 지나 파스타에 대한 경험이 진일보한 건 스무 살 때다. 갓 성인이 된 내가 처음 아르바이트를 하기 위해 찾아간 곳이 세종문화회관 왼편의 좁은 골목길에 있는 이탈리안 레스토랑이었다. 면접을 보기 위해 지하철을 한 시간이나 타고 찾아갔는데 가게 앞을 쓸고 있는 훤칠한 남자를 보고는 괜히 위축되었다. 역시 저런 사람만 일할 수 있는 곳이겠지 싶어 주변을 한참 동안 서성였다. 겨우 용기를 내서 안으로 들어갔고 다행히 조그만 나에게도 기회는 주어졌다. 알고 보니 20년 동안 한자리를 지킨 꽤 오래된 음식점이었다. 늘 조용한 클래식이나 재즈가 흘렀고, 그리 바쁘진 않았지만 2층 건물을 통으로 쓰는 탓에 양손에 무거운 접시를 하나씩 들고 계단을 오르내려야 하는 고충이 있었다. 서빙을 하다가 접시의 뜨거운 부분이 손에 닿아 나도 모르게 욕설을 뱉은 적도 있었다. 너무나 뜨거운 접시였고 깜짝 놀라서 자연스럽게 튀어나온 언행인 걸 손님들도 알았는지 박장대소했다.

수요일에는 주방장님과 사장님까지 모두 모여 마늘빵을 만들었다. 만들고 나면 꼭 몇 개를 구워 주셨는데 아직도 그것만큼 맛있는 마늘빵은 먹어 보지 못했다. 파스타 맛도 꽤 괜찮았지만 장사가 잘되는 편은 아니었다. 손님이 없으면 2층에 올라가 작은 창문으로 맞은편을 바라보았다. 거기에는 점심시간이 되기도 전에 사람들이 줄을 서서 기다리는 파스타집이 있었다. 광화문에서 직장 생활을 한 적이 있는 사람이라면 보텔 말이 한두 개 정도는 있을 〈뽐모도로〉다. 추운 날에도 줄을 서는 사람들을 보며 생각했다. 우리 가게도 괜찮은데, 저기는 대체 얼마나 맛있는 거야?

그 맛을 본 건 한 해가 지난 겨울이었다. 모든 일상을 함께했던 친구 H와 일주일 차이 나는 서로의 생일을 축하하기 위해 찾았다. 우리는 평소엔 1인분에 오천 원이 넘지 않는 생고기나 등굣길에 살 수 있는 주먹밥, 안주 한 상이 딸려 나오는 막걸리 등을 먹었지만 생일이나 크리스마스 같은 날이 되면 괜히 서양 음식을 찾곤 했다. 고등학생 때는 평소엔 관심도 없던 59피자를 나눠 먹기도 했다. 그러니까 이건 돈을 쓰겠다는 뜻이 아니다. 우리 같은 촌놈들에게는 파스타나 피자 같은 서양 음식이 곧 분위기였다. 광화문까지 가서 파스타를 먹는다는 건 우리 딴에는 제법 분위기를 내는 일이 었다.

줄을 서서 기다리는데 묘하게 긴장이 되었다. 친구까지 데리고 왔는데 맛이 없으면 어떡하지? 길 너머로 내가 서 있곤 했던 창문이 보였다. 가게는 다른 업종으로 바 뀌었고 주인도 달라진 듯했다. 어느덧 우리 차례가 되 었다. 내부는 동네 분식집과 다름없을 정도로 무척 좁 았다. 작은 정사각형 테이블에 마주 앉아 메뉴판을 보 았다. 1번부터 10번까지 영어로 된 메뉴 이름 아래로 친절하고 클래식한 한글 설명이 있었다. 로마풍 스파게 티(베이컨, 양파, 토마토소스), 조개로 맛을 낸 백포도주 소 스의 담백한 스파게티, 해물을 곁들인 이태리식 밥…… 유럽 대륙 한번 밟아 보지 못했던 나도 충분히 맛을 예측할 수 있었다. 우리는 새우가 들어간 크림 스파게 티를 주문했다. 토마토를 베이스로 한 것은 어쩐지 스 테인리스 철판에 받아 먹던 급식이 떠올랐기 때문이다. 마늘빵 몇 개를 먹고 나니 파스타가 등장했다. 마치 급 식 당번의 몫처럼 접시 안에는 파스타가 두둑이 담겨 있었다. 파스타를 이렇게 많이 먹을 수 있다는 사실만 으로 마음이 풍족해졌다. 맛을 보고는 더욱 흡족했다. 애써 기대하지 않으려고 했던 것이 무색할 정도였다. 빈약하지 않은 새우와 브로콜리 토핑을 포크로 연달 아 찍어 입에 넣었고, 느끼함과 담백함의 경계를 훌륭 하게 지켜 낸 소스를 숟가락으로 퍼먹었다. 친구와 나는 언뜻 보아도 1.5인분은 되어 보이는 각자의 접시를 깨끗하게 비웠다.

확실히 그동안 먹어 본 파스타 중에서 최고였다. 유럽 본토의 맛이라고 할 순 없겠지만 그건 중요하지 않았다. 어쨌든 파스타는 서양의 음식이니까. 이제는 그보다 맛있는 파스타도 먹어 보고 훨씬 분위기가 좋은 곳도 알고 있지만 그 친구와는 여전히 뽐모도로를 찾는다. 무엇이든 기념할 만한 일이 생기면 그곳에 간다. 뽐모도로는 그때의 우리에겐 최고의 분위기였고, 그 시절의 인상은 우리 기억 속에 언제까지고 유효할 것이다.

뽐모도로는 이제 생긴 지 30년이 지나 응당 노포라 불릴 만한 곳이 되었다. 파스타와 노포. 어울리지 않는 조합 같지만 생각보다 꽤 많은 이탈리안 레스토랑이 오래도록 한자리를 지키고 있다. 그 시작점이 된 곳은 을지로에 있는 〈라 칸티나〉다. 우리나라 최초의 이탈리안 레스토랑으로 여전히 영업 중이다. 비틀즈의 명반 〈서전트 페퍼스 론리 하트 클럽 밴드Sgt. Pepper's Lonely Hearts Club Band〉가 발매되고 윤복희가 미니스커트를 입고 등장했던 1967년에 개업했다. 당시 사교계의 명사였다는 김미자 씨가 시작한 이곳은 고풍스러운 분위기로 정재계 인물들의 많은 사랑을 받았다. 라 칸티나를 특히 아꼈던 사람은 삼성 창업주 이병철이다. 메뉴에는 없지만 '삼성 세트'를 주문하면 지금도 그가 좋아하던 음식을 순서대로 맛볼 수 있다. 재벌이 즐겨 먹었다는 요리에 대한 호기심으로 방문하는 사람도 있지만 오랜 시간 이 공간을 채운 건 수많은 단골이었다.

이태훈 대표가 이를 체감한 건 2011년 건물 리모델링과 맞물려 식당에 변화를 줘야 할 시점이었다. 그는 아버지에게 물려받은 매장을 세련된 분위기로 바꾸려고 했다. 30년간 가게를 운영한 아버지가 현장에 나타나 쓸쓸한 표정을 지었지만 그의 마음을 돌린 건 아버지가 아닌 단골들의 전화였다. 오픈은 언제 하는지, 뭐 도와줄 건 없는지 묻는 사람들을 보며 깨달았다고 한다. 이 가게는 나만의 것이 아니구나. 책임감을 느끼고 계획한 설계를 완전히 뒤집었다. 아버지가 지방에서 공수한 벽돌을 쌓으며 매장의 기존 정서를 그대로 복원했다. 손님들이 뭐가 바뀐 거냐고 물었을 정도지만 모두 안도의 뜻이 담긴 말들이었다. 8개월가량 공백이 있었지만 직원들도 모두 돌아왔다. 지배인도 요리부장도 설거지를 하는 직원도 다 30년 넘게 일한 사람들이다. 정년퇴직한 직원이 있다는 건 라 칸티나의 자랑이기도 하지만 동시에 손님이 느낄 수 있는 최대치의 신뢰이기도 하다.

내가 라 칸티나를 알게 된 건 비교적 최근의 일이다. 노포에 대한 기사를 기획하던 중에 국내 최초의 이탈리안 레스토랑이 있다기에 찾아갔었다. 국물이 자작한 봉골레와 양파 수프의 맛도 좋았지만 입구에서부터 느껴지는 고전적인 분위기와 나이 지긋한 서버의 차분한 응대에 마음을 빼앗겼다. 내가 서양 음식을 먹을 때 느끼기를 바랐던 막연한 분위기를 건축가와 음악가와 요리사가 힘을 합쳐 현실로 구현한 것 같았다.

다음번 생일에는 친구와 라 칸티나에 갈 생각이다. 빨간 행커치프를 무릎에 올리고 은색 커트러리에 천천히 파스타 면을 감싸야지. 친구야, 우리가 사랑하던 분위기가 여기에 있어,라고 말해 줘야지.

어른들의 원더랜드

가만히 생각해 보면 사람에게는 주어진 스탯이 있는 것 같다. 게임에서 체력, 지혜, 민첩성 같은 것에 수치를 매겨 능력치를 나타내는 것처럼. 노력해서 키울 수 있는 능력도 있겠으나 타고나야 하는 부분도 있다. 유머나 용기 같은 것이 그렇다. 최불암 시리즈를 달달 외워도 유머가 부족한 사람은 끝내 재미가 없는 반면 유행어 하나 몰라도 표정만으로 웃기는 사람이 있다. 유머를 계급으로 나눈다면 나는 평민 정도 되겠다. 적어도 상대를 지루하게 만들지는 않는다고 생각하니까.

내가 타고나지 못한 능력치는 용기다. 놀이터 벤치에 앉아 미지근한 커피를 마시며 생각했다. 저 아이는 어떻게 그네를 서서 탈 수 있는가…… 애초에 그네를 서서 탈 수 있는 정도의 용기를 가진 사람과 한 아이의 아빠가 되어도 그네를 무서워할 사람은 정해져 있는 것이다. 우리는 각자 보유한 용기의 정량 내에서 저마다의 모험을 하며 살아간다. 귀신의 집 체험이나 패러글라이딩처럼 확실한 행위로 드러나기도 하지만 소소한 일상에도 적용된다. 이를테면 냉장고 속 음식물 쓰레기를 버릴 용기나 새로운 메뉴에 도전할 수 있는 용기.

나는 다른 건 몰라도 새로운 음식점은 용감하게 도전하는 편이다. 회사 주변에 새로운 가게가 생기면 어떻게든 가 봐야 직성이 풀리고, 어떤 맛일지 알 수 없는 메뉴도 호기심에 주문한다. 다만 동행이 없을 때는 내가 가진 능력치보다 용기를 조금 더 써야 한다. 그렇기 때문에 불친절하다고 소문난 곳은 시도하지 않고 사람으로 붐비는 곳도 웬만하면 피한다. 혼자라고 뭐라고 하지는 않겠지만 눈치가 보인다. 여기서 용기가 조금 더 필요한 건 혼자 가는 술집이다. 짝짝이 시간을 보내는 공간에서 사연 있는 사람처럼 머리카락을 흩날리고 있을 생각을 하면 온몸이 간지러워진다. 그럼에도 언젠가 꼭 혼자 술을 마셔 보고 싶은 공간이 있다. 여의도 〈다희〉다.

다희는 대한민국에서 가장 오래된 칵테일 바다. 1986년 5월에 지금의 터를 잡았으니 한곳에서만 40년 가까이 되었다. 내가 다희에 처음 간 건 코로나가 한창이던 2020년 3월. 아무리 재미있는 곳이라 해도 혼자 가기에는 용기가 나지 않아 친구들을 대동했다. 얘들아. 여의도에 진짜 진짜 재밌는 바가 있대. 제발 같이 가자. 하지만 여의도는 좀처럼 갈 일이 없는 동네라서 재미있는 바 하나로는 꾀기 어렵다. 그럴 땐 함께 들를 맛집을 더해야 한다. 콜키지 프리 평양냉면집 〈정인면옥〉, 성시경의 악행… 아니 유튜브 '먹을텐데'에서 소개한 이후로 대기 줄이 극악무도해졌다는 〈화목순대국〉, 미나리와 버섯을 무한대로 먹을 수 있는 〈가양칼국수버섯매운탕〉을 일차 전으로 제안했다. 세 곳 모두 맛집이기도 하지만 다희에는 마땅한 안주가 없기 때문에 반드시 배를 채우고 가야 한다. 빈속에 칵테일을 들이붓다

가 얼굴이 빨개지기라도 하면 바로 쫓겨나고 만다. 다
희에는 몇 가지 규칙이 있다.

첫째. 다섯 잔 이상 마실 수 없다. 기쁜 마음으로 술을
마셨으면 하는 바텐더 사장님의 깊은 뜻이자 다희의
철칙이다. 다섯 잔을 꼭 채워야 하는 게 아니듯 한두
잔을 먹고도 취한 티가 난다면 자리를 비워 줘야 한다.
얼굴이 빨갛다는 이유로 다섯 잔을 채우지도 못하고
쫓겨났을 때 안면홍조라는 사실이 그렇게 억울할 수가
없었다. 양미숙처럼 홍당무가 되는 사람이라면 파운데
이션 23호라도 잔뜩 칠하고 가기를 추천한다.
둘째. 과자를 사 간다. 다희에 가면 일명 김멸땅이라고
불리는 안주가 나온다. 사장님이 출근길에 중부시장에
들러서 사 온다는 파래김, 멸치, 땅콩이다. 이것도 충
분한 안줏거리지만 과자 한 봉다리 사 가는 게 단골들
이 오랫동안 이어 온 암묵적 룰이다. 사장님에게 과자
를 전달하면 그 자리에 있는 모두에게 조금씩 덜어 주
신다. 새로운 손님이 가져오는 과자가 내 접시에 계속
해서 리필 되는 것을 보면 깜찍한 다과회를 하는 기분
이 든다.
셋째. 대화를 피하지 않는다. 다희는 좁다. 세 평 남짓
한 공간의 반 정도를 카운터가 차지하고 있어서 좌석
이 다닥다닥 붙을 수밖에 없다. 연인에게는 벽면의 테
이블 자리를 추천하고, 혼자거나 친구와 함께라면 바

자리에 앉는 게 좋다. 다 만든 칵테일을 직원처럼 보이는 사람이 전달해 주기도 하는데 100% 확률로 단골이다. 사장님 외에 직원은 없으니까. 다희는 언제 가도 NPC 같은 단골이 앉아 있고, 그들은 사장님을 도와 서빙을 하거나 분위기를 유도하는 역할을 한다. 가볍게 감사를 전하다 보면 자연스럽게 말을 섞게 된다. '짠'을 하거나 떼창을 하는 일도 많으니 마음을 활짝 열고 가는 게 좋다. 우리끼리 먹으러 왔는데요? 같은 말을 하고 싶다면 다른 술집에 가자.

넷째. 첫 잔은 무조건 진토닉! 어수룩한 표정으로 뒤통수를 긁고 있으면 바텐더 사장님이 묻는다. 처음 왔지? 그렇다고 대답하면 세상에서 가장 맛있는 술을 주겠다며 진토닉 한 잔을 내어 주신다. 진을 베이스로 토닉워터를 첨가하는 칵테일의 기본 중 기본. 사장님은 능숙한 몸짓으로 레몬 슬라이스를 컵에 꾹꾹 눌러 닦아 내듯 휘저은 다음 손님에게 전한다. 도수 높은 진이 넉넉하게 들어가 알코올을 마신다는 느낌이 강하지만 금세 기분 좋은 상큼함이 따라온다. 언제 가도 첫 잔은 진토닉이다. 장점이자 단점일 수 있는데, 애초에 술을 선택할 일이 별로 없다. 사장님! 한 잔 더 주세요! 하면 코스 메뉴처럼 알아서 다음 잔을 내어 주신다.

다희는 사장님의 존재가 도드라지는 곳이다. 다희가 곧 사장님이고, 사장님이 곧 다희다. 그에게 호를 붙인다면 필시 다희가 될 것이다. 다희 이명렬 선생은 국내 최고령 바텐더다. 1974년 명동 사보이호텔 지하에 있던 바 〈구디구디〉에서 일을 시작해 올해로 50년째다. 진토닉이며 테킬라 선라이즈며 모두 50년 전부터 만들어 온 칵테일이다. 별도의 계량 없이 손에 익은 감만으로 몇 잔이고 만들 수 있다. 칵테일 경험치가 낮은 나로서는 가치를 판단하기 어렵지만 멋을 부리지 않은 투박한 모양이 편안하고 아낌없이 들어간 술 덕분에 넉넉하게 취할 수 있어 좋다. 첫 방문 때보다 오르긴 했지만 잔당 7천 원인 점도 몹시 매력적이다. 하지만 이곳을 찾는 사람들은 칵테일의 맛이나 가격보다도 칠십 대 바텐더의 에너지를 사랑하는 게 아닐까. 나도 그런 이유로 다희를 찾게 된다.

지난주에도 친구 한 명과 다희에 다녀왔다. 다희의 영업시간은 오후 4시부터 9시. 늦게 가면 만석인 경우가 많아 서둘렀는데 아쉽게도 연인석뿐이었다. 편의점에서 사 온 과자를 사장님에게 전달하고 세상에서 가장 맛있는 진토닉을 건네받았다. 늦여름 더위를 식히는 차가운 술을 목구멍으로 넘기고 손님들을 둘러보았다. 지긋한 어르신들도 있었지만 오늘은 특히나 앳된 얼굴이 많아 보였다. 어르신들을 제외하면 우리가 제일 나이가 많을 것 같았다. 다희를 찾는 이들의 연령대가 낮아진 것도 있을 테지만 몇 년 새 우리가 나이를 먹긴 먹은 모양이었다.

우리가 다섯 잔을 채우는 동안 바 자리의 주인은 몇 번이고 바뀌었다. 놀라운 건 틀림없이 일행일 거라고 생각했던 사람들이 대부분 오늘 처음 만난 사이라는 거였다. 방금까지 정답게 잔을 부딪치던 사람들이 자신의 할당량을 채우면 쿨하게 인사하고 자리를 떠났다. 우리와 가깝게 앉아 있던 남자는 스무 살이었다. 입대를 앞두고 있는데 다희를 위해 인천에서 여의도까지 왔다고 했다. 어떻게 알고 여기까지 왔어요? 서울에 살지도 않는 어린 학생이 어떤 경로로 다희를 알게 됐는지 궁금해서 물었더니 의외의 답변이 돌아왔다. 고등학교 때 선생님이 가 보라고 했어요. 정말 재밌는 곳이니까 어른이 되면 꼭 가 보라고요. 아직 미성년자인 제자에게 술집을 추천하는 선생님이라니 이상하게 들리기도 하지만, 다희라면 충분히 이해가 된다. 선생님과 학생이 여기서 우연히 만나게 되면 얼마나 반가울까. 가능성이 없는 이야기는 아니다. 다희에서 동창이 재회하는 장면을 두 번이나 봤으니까. 다른 곳에서라면 일어나지 않을 일도 이 좁은 공간 안에서는 유독 자주 일어난다. 마법 같다.

다른 손님들과도 함께 잔을 부딪다 보니 서로의 나이 정도는 알게 되었다. 대부분 이십 대부터 삼십 대 초반의 사람들이었다. 젊은이로 가득한 노포를 보는 건 낯선 일이 아닌데 그 모습에 거부감이 들지 않는다는 점이 낯설었다. 노포를 좋아하고 자주 찾게 되면서 자꾸만 마음에 걸렸던 건 아이러니하게도 노포가 온통 젊은이로 채워지고 있다는 점이었다. 트렌드를 좇아 우르르 몰려온 이들을 피해 집으로 되돌아갈 어르신을 생각하면 어쩔 수 없이 마음이 불편했다. 다희에서는 그런 기분이 들지 않는 이유가 무엇일까.

목조로 된 바에 앉아 카펜터스의 'Only Yesterday'를 배경으로 잔을 부딪치는 젊은이들. 여드름 자국이 아물지 않은 앳된 얼굴도, 렌즈가 두꺼운 안경을 쓰고 묵직해 보이는 백팩을 멘 사람도, 탱크톱에 은색 바지를 입은 여성과 문신이 목까지 자라난 장발남도 그저 오래된 공간에 대한 호기심만으로 찾아온 것 같지는 않았다. 그들은 사람들과의 대화로 외로움을 덜어내고 에너지를 충전할 공간을 찾았을 것이다. 그런 공간으로 다희만 한 곳이 없다. 80년대에도 90년대에도 00년대에도 이곳엔 새로운 젊은이들이 계속해서 찾아왔겠지. 그렇게 다희는 40년 내내 추억을 찾는 단골과 용기를 내서 찾은 젊은이들이 한데 섞여 즐기는 칵테일 바가 되었다.

다희는 마감 시간이 되기 전에 문을 닫을 때가 많다. 사장님은 다희의 또 하나의 트레이드 마크인 와맥(와인+맥주)을 돌리며 김광석의 노래를 튼다. 일어나~ 일어나~ 손님들은 더 놀고 싶다며 볼멘소리를 내다가도 사장님의 "나를 일찍 보내 주는 게 나를 오래 보는 거야!" 한마디면 웃으며 자리를 뜬다.

목숨이 다할 때까지 다희에서 손님을 맞고 싶다는 사장님은 말한다. 작더라도 내 가게에서 손님에게 칵테일을 만들어 줄 수 있고, 그들과 함께 늙어 갈 수 있는 것, 그리고 새로운 미래를 보여 주는 젊은이들이 이곳을 찾아 주는 것, 그 모든 것에 감사할 뿐이라고. 새로 생긴 성수동 카페에 할머니 손님이 문제가 되지 않는 것처럼 오래된 공간에 젊은이들이 가면 안 되는 법은 없다. 40년이 되어 가는 낡은 바가 지금 이 시대의 공간으로 느껴지는 이유다. 다희가 추억의 칵테일 바가 아닌 언제나 동시대의 칵테일 바로 남길 바란다. 소통이 전무한 미래 사회가 찾아오더라도 대화의 기쁨을 아는 사람들이 모여 세상에서 가장 맛있는 진토닉을 '짠' 소리 나게 부딪칠 공간으로.

사랑과 존경을 담아

요즘도 그런지는 잘 모르겠지만 내가 학생일 땐 선생님과 면담하려면 부모님의 직업을 적어야 했다. 세피아빛 영화 장면 속 철 지난 대사 "느그 아부지 뭐 하시노"는 세기말을 넘어 00년대에도 유효했다. 우리는 고분고분 연필을 움직였다. 서걱서걱. 교실은 종이와 흑연이 맞닿는 소리만 울릴 뿐 묵연했다. 그 빈칸을 채우는 동안 누군가의 표정은 태연했고, 어떤 아이의 눈빛은 어렴풋 흐려졌을 것이다. 다음 날이면 전학생이 실은 엄마가 없다느니 아무개의 부모님은 이혼을 했다느니 그런 사사로운 진실이 알음알음으로 퍼지기도 했다. 여러모로 고약한 시기였다.

교복을 입은 나는 고개를 살짝 젖히고 눈동자를 좌우로 움직였다. 무언가 고민이 있을 때 나오는 몸짓이었다. 엄마의 직업을 뭐라고 적어야 할까. 파출부? 가정부? 아니면 가사 도우미? 오답이 없는 선택지에서 내가 고른 건 가정부였다. 파출부는 업무를 정확히 표현하는 말이 아니었고, 가사 도우미는 필요 이상으로 고상하게 느껴졌다. 엄마가 하는 일을 젠체하지 않고 소개할 수 있는 단어는 가정부라고 생각했다. 나름대로 고심해서 고른 답에 질문을 더하는 선생님은 없었다. 아쉬웠다. 어머니가 고생하시겠구나, 좋은 일을 하고 계시네. 형식적인 인사말이나 조언, 그 무엇이라도 건네주면 나도 하고 싶은 말이 참 많았는데. 우리 엄마의 노고가 어찌나 큰지, 하지만 얼마나 훌륭히 해내고 있는지. 그녀가 없으면 일상을 제대로 영위하기 힘들었을 가정이 몇이나 되며, 그에 대해 엄마가 얼마큼 자부심을 갖고 일하는지. 그런 멋진 이야기를 할 수 있는 기회가 도통 생기질 않았다.

엄마는 종종 물었다. 엄마가 가정부인 거 창피하지 않아? 나는 뾰족구두에 발을 밟힌 사람처럼 바짝 악센트를 넣어 말했다. 아니. 전혀! 창피할 이유도 없거니와 일하는 태도는 오히려 줄을 서서 배울 만했다. 다만 가사를 돕는 일이 하찮은 듯 취급되는 현실이 속상했고, 나에게 그런 질문을 해야 하는 목소리와 눈망울이 슬펐다. 나는 엄마가 어린 시절 이야기를 들려줄 때 짓는 말간 표정이 좋았다. 그 얼굴이 보고 싶어 자꾸만 엄마의 기억을 훑었다.

할머니는 새벽닭이 울기도 전에 거울 앞에 앉았어. 잠이 덜 깬 눈으로 바라보고 있으면 참빗으로 머리를 정돈하는 모습이 그리도 단정할 수가 없었지. 손맛은 또 얼마나 좋은지 엄마는 따라갈 수가 없어. 그래도 어제 평소랑 좀 다르게 부추를 무쳐 봤더니 예전에 할머니가 해 주던 그 맛이 나는 거야. 아, 너무 좋았지.

동네에서 할아버지 이름을 대면 모르는 사람이 없었어. 아니, 동네가 뭐야. 며칠 전에 지방으로 모임을 갔잖아. 거기 사람들이 음식을 잔뜩 차려 놓고 먹고 있는 거야. 배가 고파서 같이 한 끼 할 수 있을까 물었는데

　　　　　　　　　　　　（노포）

우리가 입이 많아서 안 된다고 하더라고. 그러다 어쩌다 고향에 대한 이야기가 나왔는데, 할아버지 함자를 묻더라. 홍 기자 창자 쓰신다고 말했더니 바로 아유, 그러시냐면서 자리를 펴 주더라고. 덕분에 대접받았지. 할머니가 아궁이에 불 때서 밥을 하고 있으면 할아버지는 대청마루에 앉아서 우리를 다 세워 놓고 마당을 몇 바퀴씩 돌게 했어. 어릴 땐 집이 왜 이렇게 고래 등 같고 마당은 운동장 같던지. 그렇게도 뛰기 싫었는데, 여태 건강한 게 그때 덕분이다 하고 산다.

엄마가 기억 속에서 꺼내는 장면들은 한겨울에 팔팔 끓인 고깃국처럼 주방을 넘어 거실까지 푸근하게 만들었다. 그 이야기의 주재료이자 배경지는 전라도 나주, 그중에서도 굽이굽이 들어가야 찾을 수 있는 조그만 동네, 도래마을이다. 전주나 경주에 비하면 소박하지만 그래서 더 고즈넉한 분위기를 지닌 고택이 마을 곳곳에 있다. 엄마가 살던 집도 그중 하나다. 외할아버지의 이름을 따 '홍기창 가옥'으로 불리는데, 내가 태어나기도 전인 1986년에 전라남도 중요민속문화재로 지정되었다. 자신의 이름이 집이 되고 문화재명으로 불리는 건 어떤 기분일까. 요즘이었다면 '#홍기창_가옥'으로 해시태그깨나 쓰지 않았을까.

집이 주거 기능만 맡지 않은 건 오래된 일. 엄마에게

고향집은 지금껏 어깨를 펴고 살아갈 수 있게 하는 자부심이자 넘어져도 일어나게 하는 원동력, 부끄럽지 않게 내일을 살아야 하는 이유였다. 집 안 곳곳에 스민 할머니와 할아버지의 손길이 더욱 그렇게 만들었다. 여러 이유로 사라질 뻔했던 집을 꿋꿋이 지켜 낸 것도 그래서다. 엄마는 가끔 말했다. 남 밑에서 일하는 게 힘들다고들 해도 엄마는 괜찮아. 나주가 있잖아. 무시하는 사람들 있으면 속으로 생각해. 너네는 그런 양반집에서 살아 봤냐? 나는 살아 봤다, 그러면서 웃는 거지. 엄마는 쉬는 날이 되면 마치 동물의 숲에 접속하듯 나주에 내려간다. 그 먼 곳까지 가는 게 지칠 법도 한데 오히려 즐겁단다. 돌 틈 사이로 고개 내민 잡초를 정리하고, 텃밭에 심은 열무를 뽑아 김치를 담그고, 이모를 도와 투숙객을 맞고. 아, 홍기창 가옥은 사랑채가 허물어진 자리에 아래채를 지어 '서기당'이라는 당호로 손님을 받고 있다. 현대적으로 시공된 주방과 욕실이 내심 아쉬웠지만 돈을 내고 불편을 감수할 이가 많지 않을 테니 어쩔 수 없는 일이다.

깔끔하게 해 놨으니 몸만 오라는 이모의 성화에 친구들과 약속을 잡았다. 여름이 아직 여물지 않은 6월 초, 통이 넓은 바지에 헐렁한 티셔츠를 걸치고 나주로 향했다. 도래마을에서는 찾아볼 수 없는 것 중 하나가 상점이다. 마트는 물론이고 촌스러운 기념품을 파는 가게나 라면 한 봉지 살 수 있는 점빵조차 없다. 나도 모르게 이웃집 곳간을 털지 않으려면 전쟁을 앞둔 심정으로 먹거리를 준비해야 한다. 해가 지면 마당에서 구울 삼겹살과 목살, 고기에 곁들일 팔도비빔면, 유통기한이 얼마 남지 않아 할인 중인 블루베리와 샤인머스캣, 전라도에 왔으면 예의상 한잔해 줘야 하는 잎새주(박스째로) 등을 싣고 마을로 향했다. 도래마을에 존재하지 않는 두 번째는 우뚝 솟은 전봇대와 어지러운 전선. 한옥 마을로 지정되면서 모든 전선을 지하로 매립했다. 덕분에 시선을 어느 곳으로 옮겨도 거슬리는 데 없이 풍광이 편안하다. 들꽃이 자란 오솔길을 따라 걸으니 낮은 담장 너머로 대청마루에 앉아 있는 엄마가 보였다. 챙이 넓은 모자를 쓰고 개량 한복을 입은 모습이 영락없이 나주댁이다. 서로의 부모님을 만날 때만 나오는 친구들의 하이 톤을 뒤로하고 오랜만에 찾은 시골집을 찬찬히 둘러보았다. 투박한 촉감의 나무 기둥, 맛을 간직한 장독, 매년 피고 지기를 반복하는 정원의 잎사귀들. 도시의 공간은 10년만 지나도 촌스러워 보이기 마련인데 고택은 어쩜 머리카락에 브리지를 넣던 초등학생 시절과도 변함이 없다. 긴 머리를 쪽 찌고 상투를 틀던 시대에도 지금 같았겠지. 눈에 보이지 않는 분수령을 지나면 세련됐다거나 촌스럽다는 기준으로는 판단할 수 없는 때가 온다. 비로소 영원해지는 순간. 이 집은 그 시기를 넘겼고, 덕분에 한 세기를 넘는 시간 동안 자리를 지킬 수 있었다.

짐을 푸는 동안 엄마는 넓적한 쟁반에 숭덩숭덩 자른 수박을 가져왔다. 그리 좋아하는 과일은 아니지만 붉은 과육이 여름의 분위기를 낸다. 계절을 섭취한다는 마음으로 크게 한입 베어 무는데 우리를 부르는 목소리가 들렸다. 삼촌이었다. 나주 삼촌은 사실 이번이 두 번째 만남이다. 엄마와 한동네 살던 분으로, 환갑이 지난 나이에도 무게를 잡지 않고 친근하게 대해 주신 덕에 어렵지 않게 가까워질 수 있었다. 우리의 대화는 자연스레 홍기창 가옥 A to Z로 이어졌다. 경복궁을 재건한 목수가 지은 집이라는 이야기는 수도 없이 들었고, 영광 바닷물과 말 오줌에 이삼년간 담가 둔 나무를 썼다는 사실은 새삼스러웠다. 도대체 왜 말 오줌을 쓴 건지 궁금했지만 그에 대한 답은 듣지 못했다. 내가 태어나기도 전에 돌아가신 할아버지의 업적은 가슴으로 와닿진 않아도 곱게 전시한 트로피처럼 윤이 났다. 하지만 친구들에게는 이름 모를 위인의 생가에서 꾸역꾸역 가이드를 듣는 것과 마찬가지일 거였다. 화제 전환이 필요했다.

아, 삼촌! 그때 사 주신 곰탕 정말 최고였잖아요. 얘랑 만나면 아직도 그 이야기 해요. 또 먹고 싶지 않냐고. 친구도 이때다 싶었는지 말을 보탠다. 서울에서는 그런 맛이 안 난다, 역시 곰탕은 나주다, 유명한 데는 이유가 있다. 판을 바꾸기 위한 카드이긴 했지만 구구절 절 틀린 말이 없었다. 치킨 먹을 돈이면 국밥 두 그릇 든든하게 먹는 게 낫다고 생각하는 빌런으로서 한마디 덧붙이자면, 그 곰탕은 누구에게 추천해도 짧은 감탄 사 정도는 들을 수 있는 맛이다. 삼촌은 꽤 흥이 난 얼 굴로 이번에도 사 주겠다고 했다. 자신이 사 준 음식을 맛있다고 해서 그런 건지 나주 시민으로서의 프라이드 인 건지는 잘 모르겠지만.

서울로 돌아가기 전, 차를 타고 곰탕 골목에 들렀다. 고려 시대에 관사로 쓰였던 금성관이 보이면 육향이 코 를 감싸기 시작한다. 남평할매집이나 노안집도 좋지만 원조는 역시 〈하얀집〉이다. 본관에 별관까지 있어서 줄을 서도 오래 대기하진 않는다. 메뉴는 간단하다. 곰 탕, 수육곰탕, 그리고 수육. 차이는 내용물이다. 곰탕은 배 부위의 살코기가 들어가고 수육곰탕에는 머리 고 기가 들어간다. 우리는 곰탕 네 그릇과 수육 한 접시를 주문했다. 곧이어 등장한 맑은 국물을 한술 떠서 호로 록 먹어 보니 그때 맛 그대로다.

하얀집은 1910년 내아 장터에서 시작한 음식점이다. 며느리에서 아들로, 다시 또 그 아들로 무려 4대째 가 업을 이어 오고 있다. 백 년이 넘는 세월에도 옛날 방 식 그대로 같은 맛을 유지했기에 가능한 일이다. 4대 사장인 길형선은 아버지의 병환이 깊어지자 27년간 몸

담았던 공직자 생활을 정리하고 지금의 자리를 채웠다. 하지만 막상 모든 것을 책임지고 관리해야 하는 입장이 되니 잠이 오지 않았다. 행여 음식 맛이 달라지진 않았는지 혀의 미뢰를 집중해 맛을 감지하는 단골들이 있어 더욱 그러했다. 새벽 세 시면 눈을 떠 커다란 솥에 사태와 양지를 넣고 국물을 고아 낸다. 질 좋은 고기를 얻기 위해 거래처와 신경전을 벌여야 하는 것은 물론이다. 지칠 때가 많지만 하루하루 나아가고 있는 건 아버지와 할머니가 정성스레 닦아 온 길에 흠을 내고 싶지 않아서다. 어릴 때부터 먹어 온 수육 한 점의 맛과 가게를 드나드는 손님들의 표정, 국밥을 퍼내는 이들의 결연한 팔뚝이 그의 지난날에 우아한 문양의 퇴적층처럼 켜켜이 쌓여 있다. 누군가는 그저 국밥 장사라고 치부할지 몰라도 낡은 뚝배기와 빛바랜 메뉴판까지 모두 그의 자부심이지 않을까.

흔히들 나이가 들수록 겁쟁이가 된다고 말한다. 젊은 이보다 잃을 것도 지켜야 할 것도 많으니 어쩔 수 없다고. 그런 어른들이 왠지 시시한 사람처럼 보이기도 했다. 하지만 이제는 안다. 무언가를 지켜 내는 건 생각보다 더 외롭고 고된 싸움이라는 것을. 손에서 놓고 싶은 순간들을 분명 버티고 또 버텼을 거라는 사실을. 그러니까 그런 어른들은 겁쟁이가 아니라 실은 가장 용감한 사람이라는 것도.

(노포)

어제와 내일, 둘 중 무엇이 더 중요한지 판단하는 건 의미 없지만 하나는 확신한다. 오늘을 열심히 사는 이유는 다가올 내일보다 진득하게 보낸 어제 때문이라는 점. 그 어제가 쌓이고 쌓이면 오늘 하루도 열과 성을 다해 살지 않을 수가 없다. 책임감이다. 적어도 내가 사랑했던 오래된 가게의 사장님들은 그러했다. 어릴 때 살던 집을 여전히 지키고 있는 엄마와 이모들을 보면 그 사장님들의 얼굴이 겹쳐진다. 그 집이 만약 음식점이었다 해도 엄마와 이모들은 묵묵히 지켜 냈을 거다. 그게 쉽지 않은 일이라는 걸 잘 안다. 오래된 가게에 사랑과 함께 존경을 더하는 이유다.

이모, 아무거나 주세요

출근도 하지 않는 날에 알람까지 맞춰 가며 서둘러 눈을 뜬 이유는 전화할 사람이 있어서다. 차가운 물로 세안하고 미처 깨지 않은 정신을 불러온 뒤 책상 앞에 앉았다. 빨강 파랑 초록 검정. 다색 볼펜을 꺼내 수첩에 끼적였다. 모두 잘 나오는 것을 확인한 후에 심호흡을 크게 한 번 하고 통화 버튼을 눌렀다. 상대는 오래전부터 에디터들 사이에서 유명했다던 타로술사 구슬 언니다. 그는 사전에 생년월일을 받아 사주팔자와 함께 타로를 봐 준다. 타고난 신기 덕분에 더욱 용하다는 설도 있다. 친한 동료는 자신의 독특한 이상형과 연애 스타일까지 꿰뚫어 봤다며 감탄했다. 평소에 점 보는 것을 즐기는 사람이라 신뢰도는 95%, 오차 범위는 2% 내외. 연락처를 받아 2주 전쯤 예약을 해 두었다.

"안녕하세요, 선생님. 잘 부탁드립니다." 긴장을 숨기고 내가 보유한 최대한의 공손과 친절을 전했다. 수화기 너머로 들리는 음성은 우려했던 것과 달리 부드러웠다. "그래, 일단 좀 볼게." 생면부지에 반말이 가능한 사람은 점술가뿐일 거다. 그들의 적당한 반말은 오히려 신뢰감을 높인다. 카드가 매끄럽게 섞이는 소리가 들렸다. "친구, 만나는 사람 있어? 내년이나 내후년에 결혼 운이 있는데?" 네? 제가요? 예상치 못한 소리에 당황스러운 목소리가 튀어나왔다. 시원찮은 반응 때문인지 결혼을 하지는 않더라도 관련된 이야기가 나올 수 있다는 말로 살짝 바뀌었다. 삼십 대 초반 남성이 응당 치를 거사인지라 가볍게 꺼낸 예측일까. 곧 죽어도 결혼 생각이 없는 나로서는 믿음에 금이 가는 발언이었다. 그래도 들인 돈이 있는데, 집중해야지. 가장 궁금했던 직업에 관해 물었다. 해 오던 일이 아닌 새로운 업무를 시작한 터라 사소한 고민이 피어나고 있는 시점이었다. "지금 하고 있는 일도 괜찮은데? 시작한 지 얼마 되지 않아서 고민이 있을 순 있는데, 잘하고 있다고 나오네." 내가 일하는 모습을 먼발치에서도 본 적 없는 이의 말이긴 해도 묘하게 마음이 놓였다. "자기는 A 아니면 B, B 아니면 A를 선택하는 사람은 아니야. Z까지 있어. 하고 싶은 것도 많고 욕심도 많은데 괜찮다. 아무거나 해도 다 좋아." A부터 Z. 알파벳 수만 헤아려도 스물네 가지나 되는 선택지라니. 아울렛에서 티셔츠 고르듯 가벼운 마음으로 꿈을 바꾼 전적을 들킨 기분이었다. 그런 내가 명확한 길을 찾지 못하는 어중된 사람으로 느껴져 속상한 적도 많았다. 나는 왜 직선으로 달리지 않는 걸까. 목적지를 향해 뛰다가도 조금만 다른 빛깔의 잎사귀가 눈에 띄면 팔을 뻗었다. 하고 싶은 게 많은 사람. 그건 이러지도 저러지도 못하는 우유부단한 사람이라는 말과도 같았다. 그 이후로도 카드 섞이는 소리가 몇 번 더 들렸지만 딱히 기억에 남는 대사는 없었다. 아무거나 해도 괜찮다는 말을 듣기 위해 지불한 돈은 아니었는데, 하는 아쉬움과 결혼운에 대해

친구들에게 말하면 얼마나 웃을까, 하는 이상한 기대
감 따위를 대충 갈무리하고 전화를 끊었다.

아침부터 영한 기운을 받들어서 그런지 멍해진 정신
을 든든한 아침으로 달랬다. 좋아하는 브이로그를 보
며 소화시키고 있는데 핸드폰 액정 상단에 친한 동생
의 메시지가 떴다. 「형, 오늘 뭐 먹을래?」 장소도 시간
도 얼추 윤곽만 잡아 놨던 만남이 선명해지려는 신호
다. 그런데 고봉밥을 먹었더니 딱히 떠오르는 게 없다.
일단 지도 앱을 켰다. 저번에 갔던 돼지갈빗집을 갈까?
아니야, 땡볕에 불을 피우면 우리도 바비큐가 될 수 있
어. 여기도 괜찮은데. 성수는 멀다고 싫어하겠지. 서로
의 취향과 여건이 맞닿는 접점을 찾기 위해 머리를 굴
리는데 다시 메시지가 온다. 「용산 괜찮아? 메뉴는 치
킨 아니면 회.」 속으로 쾌재를 불렀다. 이럴 땐 장소랑
메뉴 정해 주는 친구가 최고다. 물론 아무나 믿는 건
아니다. 동네에 줄 서는 냉면집이 있다는 말에 한 시간
이 걸려 찾아갔더니 전국에 체인점만 100개에 육박하
는 육쌈냉면이었던 적도 있으니까. 친구야, 한여름에,
그것도 점심시간에는 웬만한 냉면집이면 다 줄을 선단
다…… 그가 맛집까지 걸어가는 대신 당장 눈에 보이
는 와라와라에 가는 걸 선호하는 실리주의자임을 간과
한 죄였다. 다행히도 오늘은 나만큼이나 맛집에 진심인
친구들이다. 닭고기와 물고기의 경중을 따지다 저울을

치웠다. 어차피 2차도 갈 텐데 두 개 다 먹어야지.

신용산역 1번 출구에서 횡단보도를 건너 조금만 걸으면 나오는 〈용산회집〉이 첫 번째 목적지다. 벽을 감싼 꽃무늬가 시골에 사는 친척집에 온 듯한 착각을 일으킨다. 어떤 회를 먹을지 메뉴판을 탐구하는데 이모가 먼저 말을 건넨다. "우리는 그냥 인원수대로 주문만 하면 돼. 메뉴는 알아서 나와요." 하긴 친척집에 밥 먹으러 가는데 메뉴를 정하진 않지. 다만 용산 이모는 우리에게 돈을 받는다. 그것도 좀 두둑이. 제철 해산물로 준비되는 코스 요리의 금액은 인당 4만 원이었다. 코스치고 비싼 가격은 아니지만 월급날이 한참 남은 직장인에게는 뜻밖의 사치였다. 하지만 음식 앞에서 돈 걱정이나 하고 있는 건 예의가 아니다. 추수감사절을 맞아 모처럼 성대한 음식을 차린 가난한 노동자처럼 허리를 곧추세우고 눈동자를 반짝였다.

'이모카세'의 전채 요리는 유자 폰즈 소스에 담긴 광어알이었다. 광어알이라는 생소한 재료와 낯선 비주얼에 걱정이 앞섰는데 그건 친구들도 마찬가지인 듯했다. 나는 바닷마을의 아들로서 자존심을 지키기 위해 앞장서서 젓가락을 들었다. 으음! 외마디 탄성과 함께 어서 먹어 보라는 신호를 건넸다. 알알이 간직한 고소한 풍미에 적당히 새콤한 맛이 아주 조화로웠다. 무엇보

다 입 안에서 금세 녹아 버려 다음 접시를 향한 욕구
가 배가됐다. 곧이어 등장한 건 노릇한 삼치구이와 콩
나물을 가득 올려 끓인 도미 지리. 이건 분명 코가 삐
뚤어지게 마셔도 된다는 사장님의 암묵적인 허용이다.
날씨가 더워 예의상 주문했던 카스를 식도에 급히 털
어 넣고 처음처럼으로 갈아탔다. 때마침 누가 봐도 소
주 안주인 생선 내장 무침이 등장한다. 짙은 들기름 향
에 오독하고 쫄깃한 식감이 애주가들 애태게 하는 맛
이다. 빈 병의 개수가 늘어나니 코스의 주인공 모둠회
가 나왔다. 오늘의 생선은 광숭도. 광어, 숭어, 도미다.
회라는 게 생선을 썰기만 하는 건데 거기서 거기 아닌
가 생각한다면 틀렸다. 한 점 맛보자마자 우리는 용산
이모의 광신도가 됐다. 바다의 신을 만났으면 축배를
들어야지. 잔을 부딪치는 동안에도 끊임없이 안주가
나왔다. 양념이 잘 배어 황금빛으로 번쩍이는 생선조
림, 달큼한 초밥, 뚝배기에 담겨 나오는 매운탕과 야채
가 담뿍 든 회덮밥까지. 도저히 접시를 비우기가 힘들
어 도망치듯 결제하고 나왔더니 이미 해가 저문 캄캄
한 밤이었다. 터질 듯한 배를 잠재우려면 산책이 필요
한데 공교롭게도 다음 행선지가 코앞이다. 용산회집에
서 도보 1분 내에 갈 수 있는 〈그린호프〉다.

언뜻 보아도 꽤 널찍한 세월을 지나온 듯한 이곳은 용
산에서만 30여 년을 넘게 영업한 호프집이다. 아모레

퍼시픽 본사 앞에 있어서 그런지 회식하는 직장인도 여럿 눈에 띄었다. 다른 테이블을 곁눈질해 보니 역시 치킨을 먹고 있는 사람이 많다. 호프집 하면 맥주, 맥주 하면 치킨이 국룰이지만 오늘은 다른 메뉴를 골랐다. 이름도 귀여운 '아무거나'. 아무거나라니, 아무거나라니! 어떤 음식이 나올지 알 수 없는 미지의 선택. 나는 이런 게 즐겁다. 일부러 어떤 게 나오는지 묻지 않고 냅다 주문했다. 얼마 지나지 않아 손바닥 두 개를 합친 것보다 커다란 접시가 나왔다.

아니 이게 뭐야…… 우리는 곧바로 웃음이 터졌다. 어울리지 않는 듯 조화롭고, 질서라곤 없는 듯 정돈된, 하지만 꽤 아트적인 담음새였다. 안주 출석 명단은 이러했다. 수박, 참외, 바나나, 사과, 파인애플, 토마토, 삶은 달걀과 메추리알, 당근, 오이, 고추장, 감자튀김, 돈가스, 생선가스, 그리고 청양고추.

과일이나 튀김은 그렇다 쳐도 안주로 메추리알과 청양고추가 웬 말인지. 미심쩍기는 해도 젓가락을 들고 도장 깨듯 하나씩 맛보았다. 한여름이라 그런지 과일은 퍽 달콤했고 달걀은 삶은 지 얼마 되지 않아 뜨끈한 열기가 느껴졌다. 돈가스와 생선가스가 느끼해질 때면 고추장을 찍어 먹었고, 그래도 해결되지 않으면 알싸한 청양고추를 베어 물었다. 과일의 단맛이 질리면 오이나 토마토를 집어 들고 한쪽 손으로는 소주잔을 부딪쳤다. 따로 노는 듯 보였던 안주들이 정물화 속 사물처럼 묘하게 어우러졌다. 무엇보다도 하나하나가 안주로서 손색이 없었다. 오히려 하나라도 빠졌다면 섭섭했을지 모르겠다. 생선가스에 고추장 조합은 정말로 처음이었으니까.

친구들과 헤어지고 집으로 돌아오는 길, 아무거나의 의미를 다시 정의해 보고 싶어졌다. 그동안 이 표현은 나에게 이도 저도 아닌 모호함이었다. 우유부단이었다. 무기력이었다. 내가 좋아하는 것 하나도 제대로 알지 못하는 흐릿함이었다. 그러지 않기 위해 노력했다. 먹고 싶은 음식을 물으면 재빨리 지도를 꺼냈고, 좋아하는 영화를 묻는 말에는 스피드 게임처럼 10초 안에 세 편의 제목을 읊었다. 그 모든 건 나를 '아무거나'로 설명하고 싶지 않아 애쓴 흔적들이었다.

실은 두리뭉실하게 답하고 싶은 순간이 많았다. 좋아하는 음식은 언제나 줄을 서 있고, 인생영화는 계절과 상황에 따라 조금씩 바뀌기도 하니까. 무언가를 단호히 선택하지 않는다는 건 달리 보면 무엇이든 될 수 있고, 되어도 괜찮다는 여유로운 데시벨의 너털웃음 같기도 하다. 어떤 장면을 마주할까 기대하게 만드는 설렘이기도 하고, 그때그때 가장 훌륭한 재료를 조합해 결과물을 만들어 내는 폭넓은 가능성의 단어가 되기도 한다. 사소한 오차가 뜻밖의 즐거움으로 치환되는 경우도 있다.

채도를 조금 낮추고 흐릿한 색을 띠면 스펙트럼은 오히려 넓어진다. 내 앞으로 펼쳐진 길은 A부터 Z. 스물네 갈래나 된다니. 심지어 그중 아무거나 선택해도 좋다니. 구슬 언니가 사실은 나에게 얼마나 커다란 덕담을 해준 것인지. 이러다 나 결혼도 하는 거 아니야?

계절을 기억하는 법

출근하러 홍대입구역으로 걸어가는 길에 인스타그램 메시지가 왔다. 「저 조금 전에 기수 님 본 것 같아요!」 업무를 계기로 몇 번 마주쳐 안면이 있는 분이었다. 인사를 하시지 그랬냐며 겸연쩍은 메시지를 보냈는데, 답장을 보곤 뜨끔할 수밖에 없었다. 「기수 님 바쁜 것 같고, 기분도 조금 안 좋아 보이시던데…!」 아, 나도 모르게 여름의 표정을 짓고 말았구나. 기분이 구겨져도 안면 근육은 이완하는 습관을 들이려고 노력 중인데 7월과 8월에는 그게 도무지 쉽지 않다. 현관을 나서 지하철역까지 걷는 짧은 시간 안에도 티셔츠가 땀으로 함빡 젖어 버리니까. 그렇게 들어간 열차가 약냉방 칸이라면 뭐, 그날의 운세는 꽝이라고 봐야지. 냄비 속 미역국은 하루만 지나도 시큼한 냄새가 나고, 부채질을 해도 더운 공기를 좌우로 옮길 뿐인, 심지어 체감상 넉 달은 되는 듯한 지독한 이 계절을 감내하기 위해서는 나의 기분을 건강하게 만들어 줄 무언가가 필요하다.

습관처럼 목을 축일 탄산수, 과즙 넉넉한 복숭아, 퇴근 시간이 되어도 선명한 하늘, 생명력을 과시하는 단단한 초록, 한밤에만 들리는 초충 소리, 숙면을 방해하지 않는 얇은 이불, 자꾸만 달력을 바라보게 하는 여름휴가, 냉장고에 넣어 둔 화이트 와인, 귀를 기울여야 들리는 기포의 미동, 스피커를 통해 울리는 롤러코스터의 노래, 바닷가에 펼친 넓은 돗자리와 수필집 한 권, 그리고 속을 든든하게 채워 줄 복날의 음식들. 이런 것들과 함께할 때면 여름이라는 단어마저 품에 꼭 안고 싶어진다. 특히 7월과 8월에 걸쳐 열흘 간격으로 이어지는 삼복은 내가 여름을 안녕하게 보낼 수 있는 가장 큰 구실이다.

더위에 지쳐 허덕이다가도 다가올 복날에 무엇을 먹을지 고민하다 보면 흐르는 땀을 잠시나마 잊게 된다. 초복이 지나면 중복이 있고, 중복이 지나면 또 말복이 있으니 거의 여름 내내 복날의 가호를 받는 셈이다. 사람들이 언제부터 복날을 챙겼는지 그 시작은 모호하지만 이유는 분명하다. 땡볕 더위에 농사일을 하다 쓰러지지 않도록 영양분을 든든히 채울 목적. 선조들은 보신을 위해 집에서 키우던 개나 닭을 잡아 식탁에 올렸고, 계곡물에 발을 담그거나 제철 과일인 수박과 참외를 먹었다. 영양 과다 시대에 태어난 우리는 아무리 날이 덥다고 한들 양분을 보충할 필요까진 없을 테니 복날은 꽤 오랜 시간 그저 여름을 즐겁게 보낼 명분이자 이벤트였을 확률이 높다.

올해도 날이 더워질 기미가 보이자 색연필을 들고 벽걸이 달력에 동그라미 표시부터 했다. 7월 16일, 7월 26일, 8월 15일. 이번에는 어떤 음식을 먹을까. 장어도 좋고 오리도 귀엽지만 만만하게 접근할 수 있는 건 아무래도 닭이다. 삼계탕이 정공이라면 통닭이나 닭발은 약간의 변칙, 그 사이 어딘가에 존재하는 것이 '닭한마리'다. 제법 많은 사람, 특히 지방 거주자들이 이 요리에 대해 알지 못한다는 사실에 놀랐는데, 그건 아마 닭한마리가 종로구에서 태어난 서울 토박이이기 때문일거다. 그렇다고 생경한 모양새는 아니다. 식탁 위에 차려진 음식을 보면 이래서 닭한마리구나,라는 말이 절로 나온다. 누군가는 실망스러운 기색을 띨 수도 있다. 통째로 들어간 닭에 알량한 파와 감자 몇 알이 전부니까. 하지만 끓이는 시간을 더할수록 삼계탕과는 또 다른 멋을 발견하게 된다. 인삼, 대추, 찹쌀 등 재료가 정형화된 삼계탕이 점잖은 선비의 모습이라면, 닭한마리는 어떤 재료든 상관없다는 듯 미소 한번 슬쩍 떠어 보이곤 양복 자락을 휘날리는 모던보이 같다고나 할까. 기호에 따라 떡이나 마늘, 파, 감자 사리 등을 넣어도 좋고, 일행과 의견만 맞는다면 김치와 김칫국물을 부어도 좋다. 어떻게 끓이든 나름의 매력이 있다.

초복은 여수 일정과 겹쳐 돌문어 삼합으로 장식했고, 중복 메뉴를 진지하게 고민하다 닭한마리로 정했다. 내가 자주 가는 곳은 동대문종합시장 먹자골목에 위치한 〈진옥화할매원조닭한마리〉다. 원조라고 주장하는 놈치고 진짜 원조는 없다지만 진옥화 할머니의 가게는 현존하는 닭한마리 집 중에 가장 오래된 곳이 맞다. 7~80년대에 주변 시장에서 일했던 젊은 상인들이 이제는 희끗한 머리를 하고 찾아와 할머니의 건강을 염

려한다고. 이곳을 방문한 지 고작 6년밖에 안 된 나는 할머니의 목소리조차 제대로 들은 적 없지만 얼굴은 잘 안다. 맛집을 지키는 수호신처럼 간판 정중앙에 사진이 박혀 있는 까닭이다.

친구와 나는 직원의 안내에 따라 2층으로 올라갔다. 내부는 생각보다 깔끔하다. 2만 5천 원짜리 닭한마리에 국물을 더 시원하게 만들어 줄 파 사리와 밀떡파라면 무슨 일이 있어도 시켜야 하는 떡 사리를 주문한다. 닭이 익기 전에 해야 할 일은 소스 만들기. 테이블 한편에 놓인 다대기를 접시에 덜고 간장, 식초, 연겨자, 마늘을 더하면 되는데 이게 아주 그럴듯하다. 백숙을 찍어 먹는 후추소금이 다소 일차원적인 맛이라면 이건 혀의 전역을 자극하는 감칠맛이다. 먹는 법을 따로 안내하지 않는 탓에 외국인 손님은 눈치만 보다가 아무렇게나 먹기도 하는데, 그럴 땐 안타까운 마음에 되지도 않는 영어로 오지랖을 부리다 아예 소스를 직접 만들어 주기도 한다. 소스 없는 닭한마리는 간장 없는 만두를 넘어 짜장 없는 면발에 가까우니까. 같은 의미로 건더기를 다 먹을 즈음 주문해야 하는 칼국수 사리도 필수다. 애초에 닭한마리의 시작이 닭고기를 넣은 칼국수, 그러니까 닭칼국수에서 비롯된 음식인 만큼 기가 막히게 어우러진다. 식사를 함께한 친구는 도대체 이게 뭐길래 이런 맛이 나는지 모르겠다며 웃었다. 전적으로 동의했다.

"너 아니었으면 집에서 라면이나 끓였을 텐데. 초복도 모르고 지나갔거든." 부른 배를 두드리며 친구가 말했다. 보양에 진심인 사람과 함께 머리를 굴려 메뉴를 정하는 것도 즐겁지만, 이렇게 영 관심 없는 인간을 데려다 먹일 땐 왠지 모를 뿌듯함까지 느껴진다. 잊지 않고 삼복을 챙기는 모습에 친구는 부지런하다고 했지만, 나에게 복날은 남은 날짜를 세어 보며 고대하는 크리스마스와 같다. 기다리는 설렘이 있고, 누군가와 만나 맛있는 음식까지 먹을 수 있다는 점이 그렇다. 이 정도면 이름을 김중복이나 김말복쯤으로 개명해야 하는 게 아닌가 싶지만…… 복날을 이리도 중히 여기게 된 건 백 퍼센트 엄마의 영향이다. 크리스마스 선물을 받은 기억은 도통 희미한데 복날에 식탁을 차리던 엄마의 모습은 긴 세월 중첩되어 또렷하다.

푹푹 찌는 날씨에도 엄마는 에어컨도 틀지 않고 냄비 가득 식구들의 배를 채울 음식을 고아 냈다. 내가 아주 어릴 땐 강원도에서 아는 분이 보내 줬다는 멍멍개를 (지금은 여러 이유로 가족 모두 먹지 않는다), 그 이후로는 오리나 닭을 먹었다. 특식인 만큼 웬만하면 온 가족이 모였다. 엄마, 아빠, 누나, 나 그리고 사촌들까지 각자 방에 있는 선풍기를 거실로 가져와 넓지 않은 원형 식탁에 둘러앉았다. 팔을 조금만 뻗으면 서로 닿을 간격에도 불편한지 모르고 조잘조잘 떠들며 소담스럽게 담겨 있는 닭을 뜯었다. 부드러운 살코기와 그 사이 숨겨진 찹쌀밥과 하나씩 배정된 전복을 먹고 남은 국물에 죽까지 끓여야 비로소 그날의 식사는 끝이 났다. 아니, 배불러 죽겠다는 볼멘소리에도 기어코 등장하던 수박과 참외까지 먹어야 진짜 최종, 마무리, 끝.

누나들은 저마다 살림을 차리고, 음식을 나눌 이웃도 사라진 요즘에도 엄마는 복날을 챙긴다. 초복에 삼계탕을 먹었다면 중복과 말복에는 매콤한 닭발이나 하다못해 시장에서 사 온 통닭이라도 먹어야 한다. 하루는 가스 불 앞에서 땀을 흘리고 있는 엄마에게 "이렇게 복날 챙기는 거 귀찮지 않아?" 물었더니 엄마가 말했다. "이럴 때 기분 내는 거지!" 기분을 낸다, 그건 엄마가 자주 쓰는 말이었다. 정월대보름에 찰밥을 짓고 나물을 무치면서, 은행에서 바꿔 온 신권으로 세뱃돈을 준비하면서, 가족들 생일 전날 좋은 미역을 구해 물에 불려 두면서.

입 안이 퍽퍽해지는 건빵 속에 침샘을 자극하는 별사탕이 들어 있듯 더운 날들 사이에는 복날이 있고 시린 날의 가운데에는 크리스마스가 있다. 그런 날을 어떻게 보낼지 결정하는 건 오롯이 나의 몫이다. 여느 날과 다름없이 모니터 앞에 앉아 끼니를 때울지, 땀이 조금 나더라도 동대문까지 찾아가 맛의 수호신을 마주할지.

　　　　　　　　　　(노포)

작은 결심에 따라 어쩌면 계절의 기억까지도 다르게 새겨질지 모르는 일이다. 나는 기념일의 힘을 믿는다. 엄마가 그랬던 것처럼 그저 흘려보내지 않고 굳이 기분을 낼 때 더위는 잊히고 추위는 설렘이 되기도 하니까. 건빵과 별사탕을 먹고 나면 혀에 남는 맛이 퍽퍽함이 아닌 달콤함인 것처럼, 우리의 삶도 결국 한순간의 즐거움으로 기억되는 거 아닐까.

온 식구를 먹이기 위해 사용하던 커다란 냄비는 이제 베란다 신세가 됐다. 하지만 작은 냄비 안에서도 엄마의 요리는 가끔씩 보글보글 기분 좋은 소리를 낸다. 얼마 남지 않은 말복에는 전복이라도 한 박스 사서 본가에 가야겠다. 뭐 이런 걸 사 왔냐고 하면 나도 기분 좀 내 봤다고 너스레를 떨어야지.

어쩌면 인류의 희망

격리 3일 차. 침대에 누워 있다가 기침이 멈추지 않아 책상 앞에 앉았다. 열 시간 넘게 비행기를 타고 떠났을 때도 코로나에 걸리지 않은 내가 어쩌면 인류의 희망이 아닐까 싶었는데 웬걸, 결국에는 전염병의 숙주가 되어 옹색한 원룸을 벗어나지 못하게 되었다. 심지어 나라의 관심도 일절 받지 못한 채로…… 일찌감치 병을 앓은 사람들은 지원금도 받고 구호 물품도 나오던데, 나는 고작 문자 몇 통과 함께 타의적 방콕 생활을 시작했다.

딱히 사주를 본 적은 없지만 스스로 역마살이 만져질 정도로 싸돌아다니는 걸 좋아한다. 한 시간 정도 걸리는 거리는 거뜬하고 재미있는 일이라면 그 이상도 괜찮다. 평일에 열심히 일했으니 금요일 밤과 토요일, 일요일까지 꽉꽉 채워 놀아야 개운하다고 말하면 사람들은 적어도 하루는 쉬어야 충전이 되는 거 아니냐며 고개를 젓는다. 나는 집에서 쉰다는 말 자체를 이해하지 못하는 편이다. 잠을 자는 동안 에너지가 회복됐는데 뭘 더 채운다는 거지? 그래서 남들에 비해 집과 함께하는 시간이 현저히 적다. 아침을 먹고, 잠을 자고, 외출 준비를 하는 딱 그 정도면 충분하다.

그러니 이번 격리는 나에게도 기념비적인 일이다. 성인이 되고 사흘 이상 집에만 머물렀던 적은 없으니 몸이 아픈 걸 떠나 일주일을 어떻게 보낼지가 걱정이었다. 대각선으로 가로질러 걸어도 네 걸음 반이면 끝나는 8평

원룸에서 나는 무얼 할 수 있을까. 코로나는 좋아지고 나빠지기를 반복했다. 몸살 기운이 심할 때는 이불을 걷을 힘도 나지 않았고, 증상이 호전되어도 마땅히 할 게 없다는 생각에 누워서 핸드폰만 바라봤다. 스와이프 한 번이면 무용한 영상을 끝도 없이 보여 주는 덕에 시간은 잘만 갔지만 상사와 단둘이 식사하는 듯 갑갑하고 곤약으로 배를 채운 듯 헛헛했다. 탁한 공기 때문인가 싶어 창문도 열어 보고 친구에게 투덜대는 메시지도 보내 봤지만 차도는 없었다. 격리 내내 이런 상태가 지속된다면 결말은 보지 않아도 끔찍하다. 일시정지 버튼을 누르고 타개책을 살폈다.

일단 마음이 불편한 이유를 찾았다. 밖에 나가지 못해서? 아니면 친구를 만나지 않아서? 정말로 나에게 역마살이 끼어서? 전부 어느 정도 지분은 있겠지만 정답은 아니었다. 내가 떠올린 가장 적합한 원인은 '아무것도 하지 않아서'다. 멍하니 있는 시간을 견디기 힘들었고, 아무것도 하지 않는 나를 받아들이기 어려웠다. 조금 더 정확히 말하면 그런 내가 한심하게 느껴졌다. 틈만 나면 돌아다니기 바빴던 것은 사람을 좋아하는 성격도 있지만 가만있는 내 모습이 싫었던 게 더 큰 이유 아니었을까. 잦은 외출에 가려져 제대로 마주하지 못한 자화상이었다.

어쩐지 낯선 느낌이 드는 방구석을 둘러보다 확진 소

식을 들은 친구가 했던 말이 떠올랐다. 그래서 쓰레기는 버렸어? 인정머리 없으면서도 왠지 다정이 묻어나는 연락이었다. 집은 사는 이의 심신을 따라 호흡한다. 문제가 생기면 곧바로 티가 나기 마련이다. 밀린 빨랫감이나 쿰쿰한 냄새, 날벌레가 붙은 쓰레기 같은 것으로. 친구의 조언대로 원활히 숨 쉴 수 있는 환경을 만드는 게 우선이었다. 이틀 동안 해결하지 못한 개수대 속 그릇부터 닦기 시작했다. 기름진 접시와 프라이팬을 마주하면 감히 엄두가 안 나다가도 세제 펌핑 한 번이면 언뜻 용기가 생긴다. 다음은 냉장고 정리. 새벽 배송으로 도착한 식재료를 채우려면 본연의 생명력을 다한 음식들은 그만 보내 줘야 한다. 흐린 눈을 하고 바라보던 것을 똑바로 응시했다. 김빠진 콜라, 찌개 끓일 때 쓰려고 보관한 육수, 어느새 싹이 나 버린 감자, 엄마가 보면 꽤나 속상할 듯한 곰팡이 낀 반찬, 유통기한 지난 그래놀라, 냉동실 터줏대감 음식물 쓰레기봉투까지. 실낱같은 목숨을 연장하기 위해 저온 창고에 둔 아이들이 병든 얼굴을 하고 앉아 있었다. 설거지할 때도 끼지 않았던 고무장갑을 착용하고 메디컬 드라마 속 의사처럼 의연한 얼굴로 냉장고 내부 청소를 집도했다. 집에서 시간을 보내지 않는다고 해서 집안일이 생기지 않는 건 아니다. 살림과의 씨름은 그 후로도 한참 이어졌다. 다이슨이 아니면 어쩔 수 없다는 듯 영 빨아들이지 못하는 청소기를 내팽개치고 해진 수건을 빨아 바닥을 문질렀고, 와인 튄 자국이 남은 침대 커버를 세탁기에 돌리고, 먼지가 앉은 창틀도 쓱 닦았다. 말끔해진 집을 보니 소화제를 먹은 듯 상쾌하다. 하지만 근육통으로 쑤시는 몸을 애써 움직였더니 입에서는 된소리가 절로 나왔다. 허기진 배를 달래고 싶은데 요리할 체력은 없다. 이럴 땐 배달 음식이지. 치킨, 피자, 족발, 아귀찜…… 맛을 떠나 주문을 망설이게 하는 가격과 양을 보며 고민하다가 혹시나 하는 마음에 검색창에 형제식당을 입력했다. 앗! 있다! 예상치 못한 반가움에 혼잣말까지 뱉었다.

〈형제식당〉은 집에서 10분 정도 거리에 있는 백반집이다. 신촌에서 꽤 오래된 맛집으로 알려진 곳인데, 자주가는 카페와 멀지 않아 나도 즐겨 찾는다. 본가를 떠나자취를 시작하며 요리에 제법 취미를 붙였지만 채워지지 않는 무언가가 느껴지는 순간이 있다. 그럴 때면 터덜터덜 형제식당으로 향했다. 어묵이 들어간 김치찌개와 오징어볶음 사이에서 고민하다 뜬금없이 순두부찌개를 고르고 귀에 이어폰을 꽂은 채 앉아 있으면 얼마지나지 않아 팔팔 끓는 뚝배기가 나왔다. 뜨거운 국물과 건더기를 하얀 밥 위에 덜어 후후 불며 식히고, 적당한 냉기가 감도는 감자조림을 한 알 먹고 얼큰한 색으로 물든 밥을 한입 넣으면 딱 좋았다. 밥과 찌개와 반찬을 바닥이 드러날 때까지 삼키고 나면 부른 배 때문인지 집까지 걸어오는 동안에도 아무 생각이 들지 않았다. 쓸쓸한 노래를 찾지도 않았고 누군가에게 전화하고 싶은 마음도 사그라들었다. 부모를 떠나 자기만의 보금자리를 갓 만든 아기 새에게 필요한 건 와플 기계나 대용량 에어프라이어가 아니다. 제육볶음을 주문하면 오이소박이와 시금치나물, 운수 좋은 날에는 계란말이까지 나오는 든든한 백반집. 그런 곳이 간절하다. 옆집 이모 같은 인심이나 미소까지 기대하진 말자. 혼자 식사해도 눈치 주지 않는 분위기와 이따금 바뀌는 찬이면 충분하다. 나에겐 형제식당이 그랬다.

그런 곳이 배달이 된다니! 격리 중인 나를 챙겨 줄 베테랑 요양사를 만난 기분이었다. 둔해진 혀를 자극할 매운 갈비찜과 차돌박이가 들어간 된장찌개를 주문했다. 다 먹을 자신은 없지만 최소 주문 금액이 있으니 어쩔 수 없다. 배달은 내가 직접 걸어갔다가 돌아오는 시간보다도 빨랐다. 반찬이 담긴 용기는 넉넉하게 두 개나 왔고 음식도 여전히 뜨끈하다. 이 맛에 배달시키지. 건더기가 푸짐하게 들어간 찌개부터 크게 한술 떴다. 아 맛있다…… 한정식처럼 담백하고 이로운 맛은 아니지만 입 안에 감도는 가벼운 msg의 맛이 오히려 좋았다. 엄마가 집에서 해 주던 반찬도 이런 식이었다. 싱겁게 먹는 것이 건강에 좋다는 건 알지만 음식은 간이 맞아야 하고 조미료도 좀 들어가야 맛있다는 게 엄마의 요리 철칙이었다. 그 손맛에 길든 나는 별이 붙은 음식점에 가면 되레 지루함을 느꼈다. 언젠가 재료 본연의 맛을 제대로 즐기게 될지도 모르겠지만 아직 내 입맛은 딱 이 정도다.

다 먹지 못한 찌개와 반찬은 다음 식사를 위해 다회용기에 담아 냉장고에 넣었다. 배달비 포함 19,000원에 든든한 한 끼를 넘어 식량 비축까지 할 수 있다니. 역시 백반 최고. 그러나 도처에 깔린 듯해도 막상 진득하게 마음 둘 곳을 찾기는 어려운 것이 백반집이다. 백종원 아저씨가 TV 프로그램에서 백반집이 점점 사라지는 이유에 관해 이야기한 걸 본 적이 있다. 손님이 많아도 단가가 낮아 큰 이익을 얻기는 어려운 데다 여러 가지 반찬을 손수 만드느라 숱한 노동이 필요하다. 인건비가 하루가 다르게 높아지는 추세이기에 대기업 프랜차이즈는 관련 사업에 뛰어들지 않는다. 현재 백반집을 운영하는 분들도 나이가 들면서 점점 기력이 쇠약해지는 탓에 더 이상 장사를 이어 가지 못하는 경우가 많다. 아침 식사를 준비하기 위해 새벽같이 일어나 국을 끓이고 나물을 무치는 주름진 손들이 사라지면 우리는 백반집을 전설 속에서나 만나게 될지도 모르는 일이다. 옛날에는 하얀 쌀밥에 뜨끈한 국과 반찬 네다 섯 가지를 몇천 원에 먹을 수 있는 가게가 동네마다 있었단다, 하고. 운이 좋게 살아남은 백반집 하나가 있다면 사람들이 마치 인류의 희망을 만난 양 한 시간이고 두 시간이고 줄을 서서 기다릴지도 모르겠다.

한없이 길게 느껴졌던 격리가 끝나고 본가에 갔다. 차례로 겪었던 증상을 영광처럼 늘어놓으며 식탁 앞에 앉았다. 예고 없이 방문한 탓에 스페셜 메뉴는 주문할 수 없었지만 냉장고에는 평소에 먹기 힘들었던 고사리무침과 시금치나물과 갖가지 김치가 있었다. 냉동실에서 꺼낸 조기는 치지직 소리와 함께 금세 김이 모락모락 올라왔고, 그걸로 모자랐는지 엄마는 시장에서 사온 콩나물을 끓는 물에 데치더니 찬장에서 양념을 하나둘 꺼내 아무렇게나 툭툭 뿌리고 조물조물 무친다. 간 한번 보라며 내 입으로 건네주는 손이 언제 이렇게 주름졌나 싶다. 이 손이 사라지기 전까지 나는 눈물겨운 호사를 몇 번이고 누릴 수 있을 거다. 문득 엄마에게 요리를 배워야겠다는 생각이 들었다. 어쩌면 내가 먼 훗날 허기진 사람들을 반길 백반집의 주인이 될지도 모를 일이다.

여전해서 다행인 것들

나는 누구일까. 왜 태어났고, 죽는 날은 언제일까. 태어나지 않았다면 이 자리를 누가 대신하고 있을까. 나는 왜 내가 짓지도 않은 이름으로 불리며 살아갈까. 엄마 품에 안겨 울던 나와 대학에 떨어져 울던 나, 그리고 아침 해가 뜨기 전까지 모니터 앞에 앉아 야근을 하며 눈물 흘리는 나는 같은 사람이라고 할 수 있을까? 나를 나라고 결정짓는 건 무엇일까. 이름일까. 얼굴일까. 목소리일까. 아직 닳지 않은 지문일까. 시체처럼 누워 있어도 쉼 없이 움직이는 뇌세포 덕에 머릿속은 늘 바쁘다.

사춘기 때나 했을 법한 치기 어린 질문이 꼬리를 문 건 정보의 바다에 잠들어 있던 어린 시절의 나를 발굴했기 때문이다. 싸이월드가 복원된다는 소식은 한참 전부터 들었지만 몇 번을 들어가 봐도 복구 중이라는 안내에 잠시 잊고 살았다. 친구 한 명이 캡처해서 보내준 옛날 사진이 싸이월드를 다시 소환해 냈다. 「너 많이 안 늙었다고 생각했는데 진짜 아기였네.」 친구가 보낸 사진 속 나는 언뜻 보기에도 앳됐다. 오랜만에 접속한 사진첩 안에는 그런 내가 수백 개쯤 있었다. 야자 시간에 친구들과 뒷문으로 빠져나가 떡볶이를 먹던 나, 크리스마스 전날 처음으로 명동에 놀러 간 나, 지금의 나보다 어린 누나와 커다란 하트를 그리고 있는 나, 카메라 앞에만 서면 입꼬리가 처지던 나. 다이어리 안에도 내가 있었다. 시험 기간에 힘들다고 투정 부리는 나, 이렇게 쓴 커피를 왜 마시냐고 물어보는 나, 지금이라면 하지 않을 무례한 말을 툭툭 뱉는 나, 고전소설과 영화에 관해 이야기하는 나, 좋아했던 사람을 잊지 못해서 슬퍼하는 나.

절반의 세월을 뚝 떼어 낸 나는 한파가 온 하늘처럼 청명했다. 매사에 솔직했고 비밀은 천공 너머에 존재하는 우주처럼 아득한 것이었다. 지적 허영심이 다분했던지라 읽고 싶은 것도, 보고 싶은 것도, 하고 싶은 것도 많았다. 사진에 남겨진 댓글을 보니 친구도 꽤 많았던 모양이다. 나에게 애정을 표현하는 이름들 중에 이제는 낯선 글자가 더 많았다. 그때의 나를 웃게 해 주던 이들은 잘 지내고 있을까.
고등학교에 입학한 지 얼마 되지 않았을 때 복도에서 마주친 이름 모를 아이가 했던 말이 뜬금없이 떠올랐다. 이름을 까먹은 게 아니라 정말로 그날 처음 보는 아이였다. 나보다 키가 한 뼘쯤 작은 그 아이는 내 눈을 응시하며 별안간 호수 같다고 했다. 갑자기 무슨 소리냐며 민망한 표정을 짓고 넘겼는데, 솔직히 말하자면 집에 돌아와 아주 오랜 시간 거울을 들여다봤다. 눈에 힘을 주느라 그런 건지 언뜻 물이 괸 장면이 스쳤던 것 같기도 하다.

오랜만에 눈동자를 관찰하려다 관두었다. 이제는 아이

(노프)

크림을 바를 때도 거울을 잘 보지 않는다. 과연 열일곱의 나와 서른둘의 나를 같은 사람이라고 할 수 있을까. 직업도, 입맛도, 자주 쓰는 단어도, 함께 어울리는 친구도, 심지어 눈동자조차 다른데. 문득 열일곱의 내가 그리워져서 H에게 연락했다. H는 유치원부터 고등학교까지 함께 나온 친구다. 중학생 때는 잠시 데면데면하다가 집에서 살짝 거리가 있는 고등학교에 같이 입학한다는 사실을 알고 금세 다시 친해졌다. 그때부터 우리는 매일 만났다. 친구가 가족이라는 말보다 가치가 없는 것이라면 기꺼이 가족이라고 부를 사람이었다.

이제는 H에게 새로운 가족이 생겼다. 제주에 보금자리를 마련한 탓에 자주 보기는 어렵다. 만나도 동네에서 간단한 저녁 식사나 반주 정도 하는 것이 전부다. 우리가 언제나 후크송처럼 반복해서 말하는 게 있는데, 예전처럼 아침에 일어나 고등학교에 가 보고 싶다는 것이다. 숱한 추억의 장소라지만 버스로 30분 거리를 궁금하다는 이유만으로 찾아간다는 건 쉽지 않은 일이었다. 11월이었고, 우리는 단풍이 지기 전에 반드시 고등학교에 함께 가기로 했다. 멀지 않은 추억 여행인 셈이다. 약속 장소는 매일 아침 만나던 버스 정류장. 문제집으로 가득한 책가방은 없지만 떡볶이코트로 기분을 냈다. 서로 늦었다고 면박을 주고받으며 5번 버스를 타고 학교로 향했다. 창밖 풍경이 모두 대화 소재가 되었다.

—여기도 많이 바뀌었다.

—옛날에는 모이자 하면 무조건 극장 앞이었잖아.

—저기 알지, 잘생긴 사람들 일한다고 유명했던 데.

—우리 돈 없어 가지고 맨날 주먹밥 먹은 건 기억나?

—기억나지. 어, 문방구 아직 있다!

그때는 정신없이 졸다가도 학교에 다 와 가면 동물적인 감각으로 눈을 떴는데, 이제는 내려야 할 정류장 이름도 가물거린다. 다행히 나보다 기억력이 조금 더 좋은 친구 덕에 알맞은 곳에서 하차했다. 거기서부터는 나도 꽤 또렷했다. 지름길이었던 아파트 단지를 가로지르면 작은 횡단보도가 하나 있는데, 이를 건너면 곧바로 학교와 이어지는 큰길이 나온다. 언제나 좋았지만 커다란 플라타너스 잎이 하나둘 떨어지는 이맘때의 등굣길을 참 좋아했다. 일찍 도착한 날에는 그대로 정문을 통과하지 않고 주변을 몇 바퀴 돌기도 했다. 오랜만에 걷는 길은 여전히 예뻤다. 다만 지나치게 조용했다. 정문은 해가 질 때까지 빗장이 풀릴 일은 절대로 없을 듯이 보였다. 가는 날이 수능 날이라고, 10년 만에 학교에 왔는데 우리의 추억보다는 아이들의 염원으로 가득했다. 세 곳의 교실과 방송실, 율무차를 뽑아 먹던 자판기도 보고 싶었지만 괜찮다. 우리에게는 또 다른 목적지가 있으니까. 학교 뒤편에 있던 떡볶이집. 그곳을 꼭 가고 싶었다.

학업보다는 배를 채우기 위해 학교에 다녔다는 말이 어울릴 정도로 식생활에 집중했던 시기였다. 다음 수업이 뭔지는 몰라도 급식에 어떤 메뉴가 나오는지는 일주일 전부터 알았다. 우리는 매점이 없는 학교에 다니는 불운한 학생들이었기에 급식의 존재는 귀했다. 하지만 도저히 구미가 당기지 않는 반찬, 이를테면 코다리강정이나 생선가스가 나오는 날에는 유일한 한 줄기 희망이 떡볶이집이었다. 그곳은 귀한 걸 넘어 거룩했다. 정확한 상호는 〈신당동 즉석 떡볶이〉지만 우리에게는 신당동 세 글자면 되었다. 멀리 앉은 친구에게 '신당동 고?'라고 적힌 쪽지를 건너 건너 전달하면 어김없이 긍정의 눈빛이 돌아왔다. 급식 시간에 학교 밖으로 나가는 건 벌점을 받는 일이었으나 그럼에도 떡볶이집에는 늘 아이들이 많았다. 운이 나빠 선생님에게 걸리는 날도 있었지만 충분히 모험할 만한 맛이었다.

신당동 즉석 떡볶이를 처음 먹은 순간이 여전히 선명하다. H와 나는 방송부에 가입했는데, 면접 보기 전까지는 그렇게도 잘해 주던 선배들이 합격하자마자 차갑게 돌변했다. 긴 인사를 건네도 돌아오는 답은 짧았다. 그렇게 몇 주가 지나고 우리도 모르는 불찰이 쌓여 크게 혼난 적이 있다. 잘못한 걸 하나씩 말해 보라는 엄포에 없는 기억이라도 만들어야 했고, 한문 시간보다 길게 느껴지는 얼차려를 준 후에야 선배들은 살짝 미

안한 표정을 꺼냈다. 그러고는 우리를 신당동으로 데려
갔다. 초록색 멜라민 그릇에 담긴 떡볶이만 먹어 본 사
람 앞에 검은 냄비와 익지 않은 재료들이 놓였다. 이건
그동안 먹어 봤으나 전혀 경험한 적 없는 새로운 음식
이기도 했다. 얼차려를 받느라 뻘게진 손으로 속도 없
이 떡이며 쫄면이며 정신없이 집어먹었다. 일부러 남겨
둔 삶은 달걀 하나를 으깨어 함께 볶은 밥은 바닥까지
긁어 먹느라 체력이 고갈될 정도였다. 나중에 알고 보
니 선배들의 차가운 태도부터 매콤한 떡볶이까지 모두
예정되어 있던 코스였다. 동아리가 처음 생겼던 순간부
터 내려왔을 전통 혹은 악습. 다음 해에는 우리가 선배
입장이 되어 후배들을 떡볶이집으로 데려갔다. 어쩌면
지금도 어떤 선배와 후배들은 이곳에서 회포를 풀고
있을지 모르겠다.

졸업 이후 처음으로 신당동에 찾아가는 발걸음엔 설렘
과 걱정이 공존했다. 그대로일까, 변했을까. 장소보다
걱정되는 건 내 입맛이다. 미식가라 부를 정도는 아니
지만 야끼만두 하나에도 감동했던 열일곱의 나와는 다
를 수 있다. 공원 뒤 상가 건물의 칙칙한 복도를 따라
들어가니 신당동 떡볶이라 쓰여 있는 간판이 보였다.
인테리어를 한번 손보신 건지 내부가 훨씬 깔끔해졌지
만 분위기는 여전했다. 무엇보다도 뿌옇게 가물거리던
주인 할머니의 모습이 그 시절 그대로였다. 어떤 날 어

120

느 시간에 가도 건강한 기운으로 우리를 맞아 주시던 할머니가 그 공간을 변함없이 지키고 있었다.

자리를 잡고 4천 원짜리 떡볶이 2인분에 야끼만두와 계란을 주문했다. 안이 훤하게 들여다보이는 주방에서 잠시 덜그럭 소리가 들리더니 금세 음식이 나왔다. 수북한 양배추의 숨이 죽을 정도로 끓인 다음 떡부터 건져 맛보았다. 우리 입에서 처음으로 나온 말은 감탄사도 '맛있다'도 아닌 '다행이다'였다. 내가 사랑하는 밀떡에 침샘을 건드리는 달콤한 고추장 맛이 고스란히 배어 있었다. 슴슴하거나 건강한 느낌보다는 적절히 자극적인 게 기억 속의 맛과 100퍼센트 일치했다. 그리고 나는 그 맛을 여전히 좋아하고 있었다. 이건 엽기나 신전과는 비교할 수 없는 맛이라고! H와 나는 그간의 떡볶이 경험치를 나열하며 우리 앞에 놓인 추억의 맛을 찬양했다. 아침 식사를 한 지 두 시간도 안 되었는데 간헐적 단식이라도 한 사람들처럼 냄비를 싹싹 비웠다.

일부러 챙겨 간 현금으로 결제하며 사장님에게 물었다. "할머니, 요즘에도 주변 학생들 많이 와요?" 내 얼굴을 한 번 쓱 보시고는 할머니가 말했다. "많이들 오지. 보니까 여기 다녔던 학생이구먼. 지금 찾아오는 어른들은 다 여기 다녔던 학생들이다." 다른 자리의 손님들이 고개를 끄덕이며 무언의 동조를 건넸다. 옆자리에 앉은 낯선 사람들도 실은 추억의 맛을 찾아 회귀한 이들이었다고 생각하니 반가워 악수라도 하고 싶었다. 반드시 또 오겠다고 할머니에게 인사하며 속으로 다짐했다. 내가 누구인지 헷갈릴 때, 거울 속 얼굴이 어색하게 느껴질 때, 기억이 하나둘 사라지는 게 아쉽지도 않을 때 보글보글 끓는 떡볶이 냄비 앞에 앉아야지. 이 공간이 사라지지 않는 한 나는 언제든 열일곱이 될 수 있다.

집에 돌아와 오랜만에 거울을 가까이 들여다보았다. 수염 자국이 짙고, 살갗은 거칠하고, 눈동자의 빛깔도 필터를 하나 씌운 듯 탁해졌다. 호수 같다는 낯간지러운 대사는 아마 내가 죽는 날까지 다시 들을 일이 없을 거다. 그래도 기분이 개운하다. 생각보다 변하지 않은 것이 많다는 사실을 알게 되었으니까. 학교 가는 길을 지키던 플라타너스도, 여전히 쾌활한 목소리로 손님을 맞이하는 떡볶이집 할머니도, 눌어붙은 밥을 먹기 위해 구멍이 날 정도로 냄비를 긁어 대던 친구의 모습도, 자극적인 맛을 좋아하는 나의 입맛도 여전해서 참 다행이었다.

노인을 위한 나라는 없다

거주지는 마포구, 일터는 서대문구와 성동구를 번갈아 다니지만 그에 버금가는 시간을 보내는 곳이 종로구다. 서울에서 양기가 가장 강하다는 광화문이 있고, 마음이 넉넉해지는 궁궐과 한옥이 있고, 대도시를 의미 있게 만들어 주는 남산과 청계천도 있다. 그리고 내가 사랑하는 오래된 상점들이 거리에 촘촘히 늘어서 있다.

알다시피 종로는 몇백 년 전부터 나라의 중심지 역할을 하던 곳이다. 경복궁과 청와대를 필두로 국가의 대소사는 대부분 이 지역에서 일어났다고 봐도 무방하다. 자연스레 사람들이 모였고 온갖 신문물이 자리했다. 서울 최초의 근대식 공원이자 3·1운동의 발상지이기도 한 탑골공원이나 한국 영화의 시작과도 같은 단성사 등이 그렇다. 당시의 종로는 구보씨의 걸음을 옮긴 모더니즘적 문장처럼 지금보다 훨씬 세련된 도시였을 거다.

오늘날의 종로는 대혼돈의 멀티버스 정도로 취급받는 듯하다. 하나의 공간 안에서 여러 개체가 앞다투어 자신의 존재감을 내뿜는다. 이순신 장군을 경건한 마음으로 지나치면 도시의 풍경을 만드는 오피스 건물이 있고, 새해의 염원을 품은 보신각과 랜드마크가 된 종로타워를 지나면 맛집과 학원 들이 빼곡하다. 그 뒤로는 노인들의 성지 탑골공원, 금빛 미소가 퍼지는 귀금속타운, 악기 소리가 새겨진 낙원상가, 빈대떡 부치는 냄새가 진동하는 광장시장, 더 들어가면 마로니에공원과 대학로가 나온다. 나쁘게 말하면 정신없지만 좋게 말하면 테마파크가 따로 없다. 주거 단지와 편의 시설이 오와 열을 맞춰 줄 선 곳을 지나다니다가 종로에 오면 이게 진짜 살아 있는 도시구나 싶다. 내가 여행자였다면 일주일을 오로지 종로에서만 보내도 아쉬웠을 거다. 그럼에도 사람들이 종로를 혼란한 눈으로 바라보는 이유는 아무래도 낡은 시설과 늙은 얼굴들 때문 아닐까. 어디서 가져왔는지 모를 물건을 거리에 펼쳐 놓고 파는 할아버지, 두는 사람보다 훈수자가 더 많은 장기판, 넌지시 말을 건네는 박카스 할머니와 그에게 추근대는 사람들. 고성과 웃음이 떠들썩하게 뒤섞인 종로는 노인들의 세계다.

어르신들이 유독 종로에서 많은 시간을 보내는 연유를 내가 전부 알 수는 없지만 시간을 거스르는 물가를 빼놓을 수 없을 거다. 젊은 연인들로 그득한 익선동 골목을 벗어나 낙원상가 쪽으로 조금만 걸으면 가능성을 의심하게 되는 물가를 눈으로 확인할 수 있다. 우거지 국밥이 2천 원, 머리 다듬는 데 5천 원, 글라스에 담긴 소주 한 잔은 단돈 천 원. 종로에서 만 원짜리 지폐 한 장이면 머리에 힘을 주고 국밥 한 그릇에 소주 한 잔을 해도 2천 원이 남는다. 형편이 여유롭지 않은 이에게 종로는 마지막 남은 낙원이다.

탑골공원 울타리를 옆에 둔 〈유진식당〉 역시 내가 종로에서 자주 찾는 합리적인 가격의 식당 중 하나다. 지갑 사정을 생각하면 주식으로 삼기 어려운 평양냉면을 비교적 싼값에 먹을 수 있어서 특히 평양냉면에 입문하는 친구들을 자주 데려가는 곳이다. 모든 평양냉면 음식점이 고유한 맛을 갖고 있는데 이곳은 별난 평냉 중에서도 꽤 독특한 편에 속한다. 메밀 맛과 고기 향이 아주 진하다. 날이 좋으면 가게 앞에 테이블을 펴고 앉아서 야장을 즐길 수 있다는 점도 챠밍 포인트.

냉면만 먹으려다가 뜨끈한 설렁탕과 돼지 수육 한 접시를 더했다. 나이가 들수록 찬 음식만 먹으면 속이 영 불편하다. 차갑게 식은 수육을 설렁탕에 담가 먹으며 몇 차례 술잔을 비우는 사이 어르신들의 목소리가 배경음처럼 깔렸다. 해가 지고 달이 뜨면서 장기를 두던 분들은 자리를 떴지만 남아 계신 어르신들은 여흥에 취해 웃고 싸우고 노래를 불렀다. 익숙한 풍경이라 큰 관심을 두지 않았는데 누군가 우리에게 말을 걸었다. "이 주변에 자주 오세요?" 차림과 표정이 헌팅걸은 아니었다. 어깨에 멘 카메라와 사람 좋아 보이는 인상이 그랬다. 그들은 종로의 노인들에 관한 영상을 만들고 있다며 본인들의 업무를 설명했다. 자주 온다고 대답하자 여전히 우리의 배경이 되고 있는 어르신들을 가리키며 평소에도 저런 소란이 많은지 물었다. "네. 항상 계시는 것 같아요. 싸우기도 하고, 식사하고 있으면 노숙하는 분들이 와서 말을 걸기도 하세요." 원하는 답변이라는 듯 공감의 눈빛을 장착한 그는 노인들의 고성방가부터 박카스 할머니까지 다양한 이야기를 꺼냈다. 그러고는 금광을 눈앞에 둔 광부처럼 곡괭이질을 했다. "그럼 저런 분들 때문에 종로에 오기 불편하다거나 방문하기 싫었던 적은 없으세요? 약속 장소를 그냥 다른 곳으로 옮겼다던가요." 답하려고 입술을 떼다가 숨을 삼켰다. 며칠 전 들렀던 노인들의 아지트 한 곳이 떠올랐다.

종로 골목이 힙이라는 단어를 타고 구름처럼 몰려온 이들의 발자국으로 젖은 지 오래지만, 그 빗줄기가 아직 닿지 않은 곳도 있다. 우거지 국밥집과 이발소가 그렇고, 낱잔으로 술을 파는 잔술집이 그렇다.
종로3가에서 종로5가로 넘어가는 길에 종묘 쪽으로 꺾어 들어가면 커다란 글씨로 '막걸리 소주 한 잔 1,000'이라고 써 붙인 〈뚱순네〉가 있다. 크지 않은 창문 너머로 백발을 한 이들이 옹기종기 서 있는 모습이 보였다. 중절모로 멋을 낸 신사, 이미 얼굴이 벌건 취객, 웃음기가 떠나지 않는 나이 든 소년과 묵묵히 잔을 드는 어르신까지 어울릴까 싶은 이들이 동년배라는 이유만으로 한 공간에서 시간을 보내고 있었다. 범접하기 어려운 분위기에 한참을 구경만 하다가 손님이 살짝 빠진 틈을 타 슬쩍 안으로 들어갔다.

　　　　　　　　　　　　　　〈노포〉

두세 평 정도 돼 보이는 실내는 조리하는 공간을 제하고는 원형 테이블 하나가 전부였다. 테이블 위에는 차갑게 식은 안줏거리가 모여 있었다. 똥 뺀 멸치, 삶은 감자, 생오이, 맛살, 도토리묵, 부추전, 맛을 더해 줄 고추장과 간장, 나가는 길에 한 주먹씩 가져가라고 일부러 입구 쪽에 둔 강냉이까지 술만 주문하면 마음껏 먹을 수 있는 안주들이다. 손님들은 테이블을 빙 둘러 선 채로 술을 마신다. 주방을 지키는 사장님에게 소주 한 잔을 시키자 하얀 종이컵에 가득 따른 소주를 건네주셨다. 소주잔이 아니다 보니 한 모금에 얼마큼을 넘겨야 하는지 헷갈렸다. 괜히 고개를 뒤로 돌려 술을 마시고 들리는 소리에 집중했다.

공간을 채운 이들의 대화는 마음이 엇갈린 사랑의 스튜디오처럼 오가는 방향이 자유로웠다. 특정한 누군가에게 말을 건네기도 했지만 혼잣말처럼 들리는 대사도 많았다. 관심이 있으면 대답을 하고 아니면 넘기는 분위기였다. 일행처럼 보였지만 처음 만난 사이이거나, 데면데면하던 이들이 같이 문을 나서기도 했는데 확실한 건 대부분 단골이라는 점이었다. 잔 단위로 술을 주문하고, 테이블에 놓인 안주를 공유하고, 모르는 사람과 이야기를 나누는 이 집만의 방식이 물 흐르듯 자연스럽게 이루어지고 있었다. 그들은 딱히 근처에 살지 않더라도 기꺼이 시간을 들여 찾아온다고 했다. 잔 단위로 마실 수 있다는 점도 큰 매력이지만 무엇보다 함께 잔을 부딪칠 사람이 있기 때문에. 술잔을 나눈다고 형제가 되는 건 아니지만 무료한 대낮의 시간을 함께 할 동지가 생긴다는 건 그 자체로 위안일 것이다.

못 보던 젊은이에게 관심을 보이는 분도 많았다. 안경을 쓴 할아버지는 여긴 처음이냐, 어쩌다 오게 되었냐, 술을 좋아하냐 물어보셨고 호빵맨을 만든 잼 아저씨를 닮은 어르신은 테이블에 놓인 안주 중에서 자신의 최애가 무엇인지 말해 주셨다. 하지만 끝내 그곳에 완전히 어우러지지는 못했다. 노인들의 세계에서 꼿꼿한 허리와 검은 눈동자는 이방인의 표식이었다. 최대한 구석자리에 있다고 하더라도 단번에 눈에 띈다. 네온사인이 번쩍이는 홍대 술집에 중절모를 쓴 노인이 앉은 장면과 비슷할까. 주목받는 걸 즐기지만 불청객이 되고 싶진 않았다. 짧게나마 말을 섞었던 어르신들에게 인사를 하고 밖으로 나왔다. 그들의 공간이 부디 오래 보존되길 바라면서.

노인들이 종로를 찾는 이유야 많겠지만 그중에서도 강력한 하나를 꼽자면 동질감이 아닐까. 이마에 팬 주름이, 색을 잃은 홍채가, 손에 쥔 지팡이가 어색하지 않은 공간. 나와 비슷한 사람이 모여 있고, 그래서 탁한 목소리를 높여 웃고 떠들어도 이상할 것 없는 곳. 젊은이에게는 그런 곳이 아주 많지만, 서울에 사는 노인에게는 어쩌면 종로뿐일지 모른다. 노인을 위한 나라는 되지 못하더라도 노인을 위한 동네 하나 정도는 있어도 괜찮지 않을까.

아쉽지만 취재를 하는 분들에게는 원하는 답을 들려줄 수 없었다. 일말의 언짢음도 굳이 숨기지 않았다. "가끔 불편할 때도 있지만 원래부터 어르신들이 많이 계시던 곳이잖아요. 다 알고 있던 사실인데 뒤늦게 찾아와서 그분들을 멀리하고 싶지는 않아요." 물벼락을 맞은 듯한 분위기로 인터뷰는 마무리되었다. 그들의 다큐멘터리 안에는 나의 목소리도 담겼을까. 영상 속 노인들은 어떤 얼굴을 하고 있을지 궁금하다.

얼마 전 서순라길을 걷다가 뚱순네가 있던 자리가 비워진 것을 보았다. 그 안에서 시간을 마시던 어르신들의 얼굴이 어른거려 한동안 마음이 무거웠는데 알고 보니 다른 곳으로 옮겨 간 거였다. 마침 유진식당 근처다. 그들만의 아지트에서는 여전히 이런저런 이야기가 엇갈리고 있겠지. 꼭 그러길 바란다.

기억에 없는 추억의 맛

모두의 데이터를 수집하지도 않았으면서 보편적으로 통용되는 환상이 있다. 한 살이라도 어린 시절에 만난 친구 관계가 더 순수하고 깊을 거라는 생각. 교복을 입을 때는 코 흘리던 시절의 친구를 찾고, 강의실에서는 학창 시절 친구를 자랑한다. 대학교에서 만난 애들은 그냥 딱 대학 동기야. 평생 갈 사람이 없어. 그렇게 오만한 전제를 깔고 만난 친구 중에는 내 삶을 만화처럼 만들어 준 이가 많았다. 직장 동료도 마찬가지다. 오직 동료들만이 이해할 수 있는 대화의 접점과 평일 내내 이어지는 관계의 지속이 생각보다 깊은 애정의 골을 만든다. 어제 만난 옛 동료들도 그렇다.

각자 회사 일을 마치고 자주 가던 분식집에 모였다. 떡볶이, 순대, 김밥, 튀김, 어묵…… 필요 이상으로 주문하고는 잔반을 만들지 말자며 무리해서 배를 채우는 버릇이 여전했다. 그만큼 맛있는 곳이기도 하다. 회사를 그만두고 얼마나 생각이 나던지. 그때처럼 테이블이 음식으로 빈틈없이 채워지자 불과 몇 년 전 일들이 학창 시절 추억처럼 애틋하게 느껴졌다. 포크를 바쁘게 움직이며 해도 해도 끝이 없는 그 시절 이야기를 나눴다. 분명 고된 시간이 많았는데 우리의 대화는 결국엔 '좋았다'로 끝난다. 지치고 화나는 순간이나 웃고 떠든 순간이나 회상하는 시점에서의 감정은 대부분 분노 없는 웃음이다.

분식 한바탕을 치른 후 길을 걸었다. 해가 저물어서 그런지 닮은 곳이 많았다. 그래도 아직은 우리가 아는 장소가 많이 남아 있다는 데 안도감을 느끼며 선물 교환을 위해 카페에 들어갔다. 서로 바쁘단 핑계로 두 번 정도 약속 날짜를 미루면서 만남의 기대를 배로 늘리기 위해 작은 선물 교환을 제안했었다. 가격이 부담되지 않는 선에서 우리 모두가 좋아하는 것은 책. 서로에게 전하고 싶은 한 권을 무작위로 준비하기로 했다. 나는 이충걸 작가의 『질문은 조금만』을 가져갔다. 그의 인터뷰집은 내게 아름다움 그 이상의 충격이었다. 어쩌면 이런 인터뷰를 할 수 있을까. 대책 없는 질투와 존경이 뒤섞였다. 이런 감정을 온전히 나눌 수 있는 건 동료들뿐이라는 생각에 고민 없이 선택했다.

세 명이 동그랗게 둘러앉아 시계 방향으로 준비한 책을 건넸다. 동료 A가 B에게 준 책은 이슬아 작가의 인터뷰집. 난감한 표정을 짓는 B와 눈이 마주친 나는 냅다 웃었다. "뭐야, 여러분 설마 이 책 있어?" 우리 둘 다 가지고 있는 몇 권 되지 않을 책 중 하나였다. 그만큼 우리의 취향을 잘 파악하고 있다는 뜻이기도 하다. 그 책을 고른 동료의 깨끗한 마음을 알기에 되레 고마웠다. 어쨌든 A의 표정은 울적해졌다. B가 나에게 준 건 편안한 표정으로 돈가스를 써는 아저씨가 표지에 그려진 책이었다. 경양식을 좋아하는 28년 차 피아노 조율사가 악기 조율을 위해 방방곡곡을 다니며 그 지역의 오래된 경양식집에 들르는 이야기. 삽화도 귀여웠지만 오래된 경양식집을 다뤘다는 점에서 흥미가 일었다.

경양식. 익숙하지만 친하지는 않다. 돈가스 취향을 파
악할 때 일식과 겨루기 위한 하나의 옵션으로 언급하
는 정도. 단어 뜻을 몰랐을 땐 경성과 연관이 있나 싶
었는데 서울 경京이 아니라 가벼울 경輕이었다. 간단
한 서양식 요리라는 뜻. 우리나라에서만 사용하는 단
어로, 서양식 요리를 뜻하는 일본어 '화양식'이 변형
된 것으로 추측되고 있다. 우리나라에서 경양식이 유
행한 건 70년대쯤이다. 적당한 사치가 필요했던 사람
들은 옷장에서 가장 괜찮은 옷을 꺼내 입고 칼질을 하
기 위해 경양식집으로 향했다. 수프나 샐러드 등의 전
채 요리가 나오고, 메인 디시(보통은 돈가스나 함박스테이
크)를 먹은 후에 아이스크림 같은 후식까지 나오는 나
름의 코스 요리다. 외식이라 하면 중국집이나 경양식집
이 전부였던 때다. 그 뒤로 패밀리 레스토랑과 뷔페가
인기를 끌면서 외식 문화의 선두 주자였던 경양식집이
많이 사라지긴 했지만 아직 전국 곳곳에 남아 있다. 작
가는 살아남은 경양식집을 찾아다니며 맛보고 당시를
추억했다. 배우자나 자식과 동행하기도 했다. 월미도에
있는 경양식집을 찾아갈 때도 그는 가족과 함께였다.
나에게 월미도의 이미지는 디스코팡팡을 조종하는 짓
궂은 디제이나 횟집들의 네온사인이 전부지만, 20여
년 전만 해도 월미도는 서해로 지는 노을을 보기 위해

연인들이 자주 찾는 데이트 장소였다고 한다. 당시에는 분위기 좋은 카페나 경양식집도 많았다. 40년 넘게 자리를 지킨 〈예전〉은 월미도에서 가장 오래된 경양식집이자 카페다. 작가는 결혼 전 아내에게 처음으로 향수를 선물했던 곳이라고 추억했다. 엄마와 아빠가 데이트했던 장소라고 하니 아이들이 신기한 눈길을 보냈다고 했다. 왠지 부러웠다. 아이들이 그 집을 다시 찾는다면 그날의 추억과 더불어 엄마 아빠의 젊은 시절까지도 느껴 볼 수 있을 테니까.

경양식집 탐방기를 읽다 보니 나도 돈가스가 먹고 싶어졌다. 전채 요리와 후식까지 나오는 제대로 된 경양식집을 나는 여태껏 한 번도 경험하지 못했다. 작가가 소개한 곳 중 하나에 가 보자는 마음으로 유심히 살피다 보니 우리나라 최초의 경양식집이라는 〈서울역 그릴〉이 눈에 띄었다. 1925년에 경성역 구내식당으로 시작했으며 이상의 소설 「날개」에서 언급되기도 한다. 개업 당시에는 요리사만 40명이 될 정도로 규모가 컸다고. 다양한 연령의 웨이터들이 부드러우면서도 절도 있는 서비스를 제공한다는 말에 구미가 당겼다. 집에서 멀지 않아 당장이라도 찾아갈 수 있을 것 같았는데 지도를 찍어 보니 2021년에 폐업을 한 상태였다. 문을 닫는다는 소식에 단골이었던 사람들이 아쉬움을 토로하며 마지막 방문을 하고 남긴 게시물이 보였다. 역병이 아름다운 것을 너무 많이 삼켰다는 생각을 했다.

차선으로 선택한 곳은 광명에 있는 〈라임하우스〉였다. 다른 곳들에 비해 멀지 않은 거리에 있었고, 요리에 대한 고집이 느껴지는 사장님의 인터뷰도 인상적이었다. 함께 갈 사람은 없었다. 혼자 하는 식사라면 최대한 업소에 피해를 주지 말자는 게 소심한 혼밥인의 철칙. 기다란 대기 줄이 있으면 눈치 주는 이가 없더라도 마음이 불편하다. 평일에 연차를 내고 살짝 늦은 점심을 먹으러 철산역으로 향했다. 쭉 뻗은 출구 계단을 올라 아직 눈이 부신 9월의 햇살을 양산으로 가리고 지도를 따라 걸었다. 이 건물인가? 간판이 보이지 않아서 어물쩍 안으로 들어가니 법무사와 세무사 사무소 틈으로 고전적인 타이포그래피로 된 라임하우스 간판이 보였다. 가게 안으로 들어가 한 명이라고 말씀을 드리자 식사 중인 어르신들의 옆자리로 안내해 주었다.

캠벨 선교사 주택이 그려진 테이블 매트 위로 코발트 블루 컬러의 물컵이 놓여 있었다. 메뉴를 빠르게 정독한 후 돈가스와 함박스테이크가 함께 나오는 정식을 주문하고는 가게를 둘러보았다. 한쪽 벽면 전체에 아름다운 바닷마을이 그려져 있다. 개업 당시 어느 화가가 그려 주었다고 하는데 덕분에 먼 나라에 온 듯 마음이 환기된다. 벽화 아래로는 색색의 옷을 입은 어머님들이 보였다. 자주 오는 분들일까? 경양식을 먹는 우

리 엄마의 모습은 영 상상이 되질 않는데. 레트로다 뉴
트로다 해서 젊은 사람이 많지 않을까 싶었지만 손님
들의 평균 연령은 어림잡아도 지천명이다. 옆자리에 앉
은 어르신들의 대화가 귀에 꽂혔다. 기분 좋게 식사하
기에는 여기만 한 데가 없지. 맞아, 우리 딸도 예전에
여기 참 좋아했는데……

전채 요리가 나왔다. 샐러드와 식전주, 아몬드 고명을
올린 단정한 수프까지. 뻔한 모양새이긴 해도 수프와
식전주만으로 유럽식 식사를 하는 것처럼 마음이 설
렌다. 샐러드와 식전주는 돈가스와 함께 먹기 위해 절
반을 남겨 두고 수프는 싹 비웠다. 빈 접시가 사라지고
메인 디시가 나왔다. 아이 손바닥만 한 돈가스 두 장
과 치즈가 올라간 함박스테이크 옆으로 마카로니 샐러
드, 절인 오이, 통조림 옥수수, 하얀 밥이 팔레트에 짠
물감처럼 배치되어 있었다. 전부 썰어 놓고 먹을까 고
민하다가 냄새를 참지 못하고 한 점씩 잘라 입으로 넣
었다. 두껍지 않은 고기가 소스를 한껏 빨아들여 일
식 돈가스와는 다른 조화로운 맛이 났다. 육즙이 풍부
한 함박스테이크도 맛있었다. 둘 중 하나를 선택하라
면 돈가스지만 함박스테이크를 먹어 보지 못했다면 아
쉬울 뻔했다. 살짝 느끼해질 즈음에는 오이절임을 먹는
다. 자극 없이 입 안이 개운해지는 게 김치나 피클과는
또 다른 매력이다. 책에서 작가님이 그랬던 것처럼 소

　　　　　　　　　　　　　　　　　　(노포)

주 한 병을 주문할까 싶었지만 오늘은 참기로 했다. 어린 시절에 경험하지 못한 경양식을 먹는 날이니 그 나이처럼 해 보자는 마음이었다. 대신 내 앞에는 고이 남겨 둔 식전주가 있다. 포도주스를 닮은 달콤한 풍미 덕에 기분이 좋아졌다.

혼자 하는 식사는 아무리 여유를 부려도 시간이 남는다. 나의 칼질이 멈춘 것을 알고는 접시를 가져가며 후식을 권하는 접객이 군더더기 없이 매끄러웠다. 경양식은 한 테이블에만 몇 번의 서빙이 필요하다. 어떤 손님이 요리를 비웠고 후식이 필요한 시점인지를 20년 넘은 경력자는 단번에 알아챈다. 커피를 부탁드리니 따뜻한 원두커피와 함께 포도 몇 알이 나왔다. 옆에서 식사하던 어르신들은 어느새 후식까지 말끔히 비우고는 중절모를 챙기고 계셨다. 혼자 밥을 먹는 아이가 영 신경 쓰이는 듯 "맛있지?"라며 인사를 건네주셨다. 꼬아 둔 다리를 풀며 너무 맛있다고 답을 하니 당신이 칭찬을 들은 양 흡족한 표정이다.

남은 커피를 소리 나지 않게 마시고 계산대로 향했다. 맛있게 먹었는지 묻는 여자 사장님의 한마디가 다정했다. 조리복을 챙겨 입은 남자 사장님은 주방에서 묵묵히 일하고 계셨다. 오랜 시간 호텔 뷔페에서 일하며 생긴 습관이 몸에 밴 듯하다. 덕분에 오늘 식사는 나 홀로 집을 지키는 어린아이처럼 설렜다. 혼자만의 식사였지만 내게도 경양식에 관한 추억이 생긴 기분이다.

친구들에게 다소 늦은 경양식 체험을 자랑했더니 대부분 그에 관한 추억을 하나쯤은 가지고 있었다. 어렸을 때 다니던 곳이 아직 영업하고 있다는 경우도 간혹 있었는데, 그들 중 다수가 '커서 먹어 보니 그렇게 맛있지는 않더라'고 했다. 그럼에도 그곳을 찾는 건 맛 그 이상의 것 때문이었다. 감칠맛 나는 소스가 묻은 돈가스 한 입이면 단단한 어른의 외피를 벗고 어린 시절의 말랑한 나로 잠시 돌아갈 수 있는 것이다. 옆자리 어르신의 말처럼 기분 좋게 식사할 곳으로 경양식집만 한 데가 없는 게 아닐까. 그래서 우리는 미련한 선택을 한다. 가격이 비싸도, 맛이 뛰어나지 않아도, 거리가 멀어도 찾아간다. 다음에는 친구의 추억 속 공간 〈밤비노경양식〉에 가 보기로 했다. 내가 보지 못했던 코흘리개 시절 친구를 만나게 될지도 모르겠다. 어쩌면 더 순수하고 깊은 관계는 어른이 되어도 함께 경양식집을 다니는 사이가 아닐까, 잠시 생각했다.

시간을 흐르지 않게 가둬 놓는 법

연애 예능 프로그램을 보다가 출연자 두 명이 서로 어떤 데이트를 좋아하는지 묻는 장면을 보았다. 나는 이런 데이트, 너는 저런 데이트. 취향을 꺼내는 것만으로 둘의 표정은 이미 함께할 미래에 있는 듯했다. 다음에 그런 데이트를 꼭 해 보자, 대화는 그런 약속으로 끝이 났지만 서로가 그리는 그림에 꽤나 차이가 있어 보였다. 커플이 성사된 그들은 어떤 데이트를 하게 됐을까? 호감을 바탕으로 만나는 관계이니 각자의 스타일과 다른 데이트도 한 번쯤은, 아니 몇 번은 할 수 있겠지만 사실 음식이나 영화 취향만큼 중요한 게 데이트 취향이다. 집에 앉아 배달 음식을 한 상 차려 놓고 넷플릭스 보는 것을 좋아하는 여자와 매주 팝콘을 사 들고 극장에 가는 남자는 언젠가는 부딪히기 마련이다.

나는 기본적으로 집 밖 데이트를 좋아한다. 집에 있으면 무얼 해도 축축 처지는 기분이 들고 서로의 시간을 공유한다는 느낌이 덜해서 아쉽다. 웬만하면 집은 나만의 공간으로 남겨 두고 싶다는 마음도 조금 있다. 밖에서 하는 데이트라면 딱히 가리지 않지만 천성이 차분해서 그런지 지나치게 활동적인 건 피한다. 예컨대 서핑이나 클라이밍 같은. 물은 무섭고 높은 곳은 더 무섭다. 내가 좋아하는 건 궁궐 데이트다. 올드한 취향처럼 보여도 궁궐에는 몇 가지 장점이 있다.
대부분의 궁이 도심의 역세권에 있어 접근성이 좋은

데 그 안에 들어서면 숲에 온 것처럼 나무 냄새를 실컷 맡을 수 있다. 서로 시너지 효과를 내는 장점이다. 시간이 단절된 듯 외부 공간과 상반된 정취를 느낄 수 있다는 점도 재미있다. 어쩐지 뒷짐을 한 채로 걷고 싶어진다. 가슴이 아리고 눈물이 날 것 같다느니 하는 드립은 금지. 사라진 정통 사극의 수만큼이나 역사에 대한 관심도 줄어들었지만 궁에서는 공간마다 놓인 안내판의 텍스트를 반절이라도 읽게 된다. 거기서 신기한 부분을 발견하면 함께한 사람에게 일러 준다. 괜히 아는 척 한번 하는 거다. 한참을 둘러보다가 다리가 아프면 벤치에 앉아 잠시 이야기를 나눈다. 이제 어디 갈까 물음을 주고받지만 사실 머릿속에는 이미 갈 곳이 정해져 있다. 어떤 궁에 갔느냐에 따라 달라질 뿐.

먼저 종묘. 엄밀히 말하면 종묘는 궁궐이 아니다. 조선시대 역대 왕과 왕비의 신주를 모시고 제사를 지내던 왕실의 사당이다. 나는 종묘를 좋아하고 종묘를 좋아하는 사람도 좋아한다. 종묘를 좋아하는 사람은 어떤 사람인가. 나의 주관적인 데이터에 의하면 간결한 취향의 사람, 엄숙하거나 진지한 분위기를 어색해하지 않는 사람이다. 건축에 어느 정도 안목을 가지고 있는 사람도 해당하는데, 그런 점이 나를 설레게 한다.
종묘에 가면 경박한 마음은 일절 내려놓게 된다. 가장 좋은 때는 눈이 덮인 날. 몹시 아름답고 경건하다. 한

바퀴를 쭉 돌고 들어왔던 문으로 다시 나가면 현실 세계로 복귀할 넓은 직선 길이 뻗어 있다. 세운상가 쪽으로 난 횡단보도를 건넌다. 음악 소리가 들리고 정겨운 서체의 간판이 보인다. 1976년부터 이 자리를 지킨 〈서울레코드〉다. 멋진 레코드점이 여기저기 많지만 너무 전문적인 곳은 왠지 부담스러운 것도 사실이다. 나를 무리 없이 품어 주는 곳은 여기다. 전설이 된 뮤지션부터 클래식, 팝, 트로트, 아이돌 음악까지 다양한 장르의 앨범이 매장 내에 분포되어 있다. 구경하다 보면 함께 간 사람의 음악 취향을 자연스레 알게 된다. 서로 음반 하나씩을 골라 선물하면 그 사람과 나 사이에만 흐르는 배경 음악을 만들 수 있다.

황승수 대표는 서울레코드의 네 번째 주인이다. 이곳의 주인장은 모두 직원으로 일을 시작했다는 점이 흥미롭다. 가게를 넘기고 물려받은 행위 안에는 음악을 사랑하는 마음과 이 공간이 그대로 유지되기를 바라는 염원이 담겨 있었을 것이다. 혈육이 아니라 가장 적합한 사람에게 자신의 자리를 물려주는 게 꼭 일본의 오래된 초밥집을 보는 듯도 하다.

황승수 대표가 새롭게 시작한 서비스도 있다. 빨간 우체통에 신청곡과 사연을 적어 넣으면 문을 닫은 레코드점 앞에서 그 음악을 들을 수 있는 '내일의 신청곡' 서비스. 아직 신청해 본 적 없지만 언젠가 그런 낭만을 꼭 누리고 싶다.

다음은 창경궁. 창경궁은 아름답다. 뻔하지만 아름답다는 말이 별수 없이 튀어나온다. 걷기 좋은 계절에 찾아가 나무 그늘 사이를 이리저리 옮겨 다니면 그 시간조차 그림이 된다. 창경궁의 다음 코스는 혜화동이다. 프리지아 한 다발을 사고 싶어지는 마로니에공원에서 조금 쉬어 가도 좋고, 학림다방에서 커피 한잔을 마시거나 뽀얀 국물의 칼국수를 한 그릇 해도 좋다. 혜화에는 맛있는 칼국수 집이 잔뜩 모여 있다.

그렇다고 칼국수 골목 같은 건 없는데, 그 맛집들이 상당한 거리를 두고 떨어져 있기 때문이다. 보통은 비슷한 메뉴의 식당들이 하나의 골목으로 모이는 게 일반적이지 않나? 서로 떨어져 있는데도 공통된 특징을 가졌다는 점도 특이하다. 이 동네 칼국수는 경상도 북부 안동 문화권의 안동국시를 기반으로 한다. 멸치나 조개 같은 해산물 베이스의 칼국수가 아니라 사골 국물에 호박과 고기 등의 고명을 올린 담백하고 진한 맛의 칼국수다. 바닷가보다는 할머니 댁의 은색 소반이 떠오르는 맛이다. 시작은 1969년에 문을 연 〈국시집〉이었다. 거기서 일하던 사람들이 나와 국숫집을 차리면서 〈명륜손칼국수〉 〈혜화칼국수〉 〈손칼국수〉 등이 뒤따라 인기를 끌기 시작했다. 칼국수 맛도 조금씩 다르지만 각각 곁들일 수 있는 음식의 개성이 뚜렷해서 좋다. 나는 그중에서도 혜화칼국수의 생선튀김과 직접 담근 매실주의 조합을 좋아한다. 두툼하게 썬 대구 살을 튀겼으니 맛이 없을 수 없고, 살짝 느끼할 때쯤 입가심으로 매실주 한 잔을 털어 넣으면 완벽하다. 다만 생선튀김에 뼈가 든 것도 있으니 목에 걸리지 않게 조심해야 한다.

칼국수를 먹고도 돌아가기 아쉬우면 서점 〈풀무질〉에 들른다. 서울에 단 두 곳 남은 대학가 인문학 서점 중 하나다. 군사 정권 시절에는 학생들의 은신처이자 아지트였다. 4대 사장님이었던 은종복 대표는 추모 집회에 가는 학생들의 책가방 수백 개를 맡아 주기도, 『전태일 평전』 등의 금서를 판매한다는 이유로 남영동 대공분실에 끌려가기도 했다고 한다. 그렇게 약 26년간 서점을 운영한 은종복 대표는 누적된 적자가 감당할 수 없는 빚으로 쌓이자 결국 2019년에 서점 폐업 소식과 함께 혹시 모를 인수자를 찾는다는 기사를 냈다. 다행히 서점을 이어서 운영하고 싶다는 이들이 찾아왔다. 아티스트 전범선을 비롯한 청년 세 명이었다. 적어도 5년은 버텼으면 하는 마음이었다는데 벌써 4년이 지났다. 빚을 갚는 데 필요한 자금은 텀블벅으로 후원을 받았다. 9백 명이 넘는 사람들이 별다른 대가 없이 풀무질의 손을 잡아 주었다. 기억 한편에 그 서점에 빚을 진 사람들, 그 공간이 온전히 이어지길 바라는 사람들이 있다. 덕분에 서점은 지금도 늦은 밤까지 불이 켜져 있다. 나는 성균관대 학생도 아니고 인문학에 특별한 관심이 있는 것도 아니지만 들를 때마다 책 한 권을 사서 나오게 된다. 앞으로도 계속 혜화동 산책 코스의 마무리가 되어 줬으면 하는 마음에서다.

안국역과 낙원상가 사이에 있는 운현궁도 좋아한다. 입장료가 따로 없고 방문객도 적어서 가볍게 산책하기 좋은 곳이다. 운현궁에서 가장 크고 넓은 건물인 노락당의 툇마루에 앉아서 기와 위로 솟은 운현궁의 유일한 서양식 건물 양관을 보는 것을 좋아한다. 전혀 다른 양식이 한 공간에서 어우러지는 게 재미있다. 하지만 운현궁보다 좋아하는 건 5분 거리에 있는 카페 〈브람스〉다. 브람스는 3호선 안국역이 개통되던 1985년에 생겨나 여태 그 자리를 지키고 있다. 커피와 요하네스 브람스를 좋아하는 캠퍼스 커플이 카페를 차렸고, 뒤이어 브람스의 고향인 함부르크에 살다 귀국한 부부가 운영했다. 세 번째 주인이자 현 사장님인 마리아 씨는 1994년에 가게를 인수했다고 한다.

내가 브람스를 처음 찾은 지도 10년이 흘렀다. 가회동의 한 카페에서 일하던 때였다. 봄이면 창밖으로 목련이 보이고 여름이면 단정한 팥빙수를, 겨울이면 냄비에 오랜 시간 끓인 단팥죽을 내던 곳이었다. 그 카페로 일을 하러 가기 전에 브람스에 들러 조용한 시간을 보내는 건 어린 내가 누릴 수 있는 작은 사치이자 최대치의 낭만이었다.

좁은 계단을 올라 문을 밀고 들어가면 고전적인 무드의 공간이 펼쳐진다. 이소라의 앨범 커버가 떠오르는 보라색 벨벳 의자가 클래식하기도 촌스럽기도 한 특유의 분위기를 만들어 낸다. 나무 바닥은 걸을 때마다 삐걱거린다. 자리에 앉으면 격자무늬 창문 밖으로 안국역 사거리의 풍경이 내려다보인다. 주의할 점은 노트북 사용이 어렵다는 것. 이를 아쉬워하는 사람도 많은 듯하지만 나는 이마저 이해하고 싶다. 우리 세대에게는 카페가 노트북 작업도 할 수 있는 곳이지만 사장님에게는, 그리고 이 카페의 오래된 손님들에게는 당연한 일이 아닐 수 있다. 그들이 향유했던 카페의 문화를 유지하고자 하는 하나의 장치라고 생각하면 그리 불편하지 않다. 언젠가 브람스에 프랑수아즈 사강의 책을 들고 가서 읽고 싶다.

드라마 〈브람스를 좋아하세요?〉의 남자 주인공 준영은 종종 궁궐을 걷는다. 긴 해외 생활을 하다가 가끔씩 서울에 들어오면 그대로인 게 궁궐뿐이었던 거다. 궁궐의 좋은 점 또 하나는 역시 변하지 않는다는 점이겠다.
예고도 없이 사라지는 공간을 마주할 때면 허탈한 기분을 감출 수 없다. 궁궐이 오래도록 보존되는 이유는 단순하다. 많은 사람들이 그곳을 지켜야 한다고 생각하니까. 서울레코드, 풀무질, 브람스가 이 도시에서 자기 자리를 지킬 수 있었던 것도 같은 이유일 거다. 살

아간다는 건 사랑한다는 것과 같다는 어느 시인의 말
처럼, 살아남았다는 건 사랑이 흐르고 있다는 말과 같
다. 그 공간이 유지되기를 바라는 이들의 마음이 한데
모였던 덕에 가능한 일이다. 오랫동안 변함없이 그곳에
있는 것들. 나는 그런 것들이 좋다. 시간을 가둬 놓은,
나의 사랑을 거둘 필요가 없는 그런 곳들이 서울 도처
에 있었으면 좋겠다. 그래야 조금 덜 외롭게 늙을 수
있을 것 같다.

노포를 지켜야 한다는 믿음

잡지사를 그만두고 책상 앞이 아닌 공원에서만 시간을 보내던 시기에 인스타그램을 통해 게시물 하나를 보게 되었다. '이충걸의 글쓰기 클래스'. 작은 글씨로 이렇게 덧붙였다. 'GQ 에디터를 가르쳤던 그 방식 그대로'. 에디터에게 이보다 설레고 무서운 문장이 있을까.

이충걸 편집장은 2001년 〈GQ KOREA〉의 창간호를 시작으로 2018년까지 잡지의 산파부터 황혼의 동반자 역할까지 해 온 인물이다. 화려한 찬사가 그를 따라다니지만 나는 패션지를 품에 안고 다니는 소년이 아니었기에 그가 쓴 문장도 읽은 적이 없었다. 그의 글을 읽지 않았다는 건 그에 대해 아무것도 모른다는 말과 같다. 유명한 편집장에게 글을 배울 수 있다는 기대감보다는 어떻게든 다시 글을 쓰고 싶다는 마음이 먼저였다.

하지만 클래스 날짜가 다가올수록 취소하고 싶다는 생각만 들었다. 땡전 한 푼 돌려받지 못해도 괜찮을 정도였다. 나의 누추한 문장을 평가받아야 한다? 그것도 선배도 아닌 선생님이라는 호칭을 붙여야 할 사람에게? 패션지 편집장 하면 으레 떠올릴 예민하고 냉담한 이미지가 거듭 겹쳐 강령술이라도 벌인 듯 눈앞에 악마의 얼굴이 맴돌았다. 어쩌지. 나는 아직 준비가 안 된 것 같은데. 나의 글을 인쇄한 종이가 갈기갈기 찢겨 정수리로 낙하할지도 모른다…… 윤여정의 연기 수업을 들으러 가는 신인 배우의 마음으로 중림동의 한 교실로 향했다.

오래된 맨션을 등진 작은 교실 안에는 악마는 없고 안경 두 개를 겹쳐서 쓴 어법 광신자가 있었다. 수업에 앞서 제출한 1,000자 내외의 산문은 갖가지 단어와 교정 부호로 아름답게 변해 있었다. 선생님의 안경은 드래곤볼의 스카우터처럼 문장의 정답이라도 보이는 걸까. 두 달에 걸쳐 네 번의 수업에서 네 개의 글을 쓰고, 오래된 설렁탕집에서 함께 마신 소주가 스무 병이 넘어가자 선생님이라는 단어에 사랑과 존경을 담지 않고는 못 배길 상태가 되었다. 끝내 닮지 못하더라도 따라갈 길이 생긴 기분이었다.

그는 가끔 전화를 해서 연말의 안부를 묻기도, 좋은 문장을 나눠 주기도 한다. 여전히 많은 시간을 작문에 할애하고 있는 그에게 어느 날 고백했다. "선생님, 저는 요즘 노포에 관한 글을 쓰고 있어요." 그는 언젠가 신문에 연재했다는 칼럼의 한 꼭지를 추천해 주었다. 전화를 끊고 이충걸이라는 이름과 노포라는 단어 사이에 틈 하나를 두고 검색 버튼을 눌렀다. '불친절하고 불결한 노포… 맛집은 그렇게 권력이 됐다'. 필동에 있는 오래된 냉면집과 을지로 맥주 골목을 예로 들며 노포에 대해 회의적인 시선을 드러낸 글이었다. 노포들에서 마주한 공통적인 특징을 나열한 문장을 읽자 배배 꼬인 전두엽에 맺힌 여러 장소의 기억이 자기 먼저 꺼내 달라며 아우성쳤다.

"내가 갔던 노포에는 얼추 일관된 통계가 있었다. 노후된 건물, 주인의 위력적인 교만, 거기에 합세하는 스태프들의 불량한 박력, 보다 인상적인 비위생. 나는 전과 다른 방식의 괴로움을 느꼈다. 대뜸 반말을 하는 순댓국집 주인, 그렇게 굽는 게 아니라면서 처음 간 친구의 등짝을 철썩, 파도 소리 나게 갈기는 꼼장어 집 주인, 테이블에 앉자마자 "양념갈비 두 개요?" 하고 묻고는 메뉴를 살피기도 전에 "양념갈비 먹으러 온 거 아니에요?" 채근하던 갈비 집 종업원, 소주 한 병도 채 안 비웠는데 우리 발치에 물걸레질을 하던 그 집 주인, 머리카락이 세 개나 나왔는데도 호호 웃으며 다시 퍼다 주겠다고 능치는 꼬리곰탕 집 주인⋯."•

나라고 불쾌한 날이 왜 없었겠나. 악몽 같은 기억은 오히려 많다. 불같은 주인장의 눈치가 보여 물 없이 소주만 연달아 마셔야 했던 을지로의 돼지갈빗집. 비위 좋은 나도 몇 번씩 헛구역질을 했던 어느 가맥집의 화장실. 무례한 종업원과 방자한 손님이 연극하듯 다투던 부침개집. 현금이 아니라며 대놓고 혀를 차던 백반집 주인. 떠올리는 것만으로 금세 밥그릇을 빼앗긴 시골 개의 표정이 되어 버린다. 그중에서도 나를 가장 애통

• 이충걸, '[이충걸의 필동멘션] 불친절하고 불결한 노포⋯ 맛집은 그렇게 권력이 됐다', 한국일보(2020.07.15)에서 인용

하게 만드는 곳은 종로3가에 있는 포장마차 거리다.

포장마차는 80년대에 한창 유행했던 형태의 술집이다. 당시에는 서울 중심가부터 변두리까지 어디서든 포장마차를 볼 수 있었다. 고된 하루를 보낸 샐러리맨이 포차에 들러 한잔하는 것이 유행처럼 번졌다고 하는데, 일반 술집과 비교되는 저렴한 음식값과 격의 없이 대화할 수 있는 편안한 분위기가 결정적인 이유였다. 물론 그것도 옛이야기다. 드라마 속 한 장면처럼 이모, 여기 우동 하나 말아 주세요. 소주 센 거 한 병도! 하고 대사를 뱉어 봤자 자리에 앉기는커녕 소금이나 맞지 않으면 다행이다. 결단코 저렴하지 않고 값에 비해서도 접시가 빈약하다. 짜장면 가격이 10배 오르는 동안 포장마차 물가는 20배는 오른 듯하다.

종로 포장마차 거리는 서울의 현존하는 포차 거리 중에서 규모가 가장 큰 곳이다. 드나든 지 10년은 넘었으니 가 보지 않은 포차는 거의 없다고 할 수 있다. 서로 비스름한 모습이지만 주력하는 안주가 조금씩 다르다. 제육볶음을 하고 남은 양념으로 끓인 라면이 특히 맛있는 〈호남집〉, 오징어튀김과 새우튀김을 반반으로 시킬 수 있는 〈짱포차〉, 가을이 되면 생새우(오도리)를 먹으러 가는 〈서울의밤〉. 특정한 안주가 당기는 날이 아니라면 대충 자리가 있는 곳에 들어간다. 가격과 청결을 차치하면 분위기는 좋다. 동남아의 야시장을 연상

케 한다. 옆 사람과 가볍게 잔을 한 번 부딪칠 수도 있는 캐주얼한 분위기가 매력이다.

한번은 친구에게 포차 가이드를 자처한 적이 있다. 자리가 널찍한 곳으로 들어가 성공과 실패의 구분이 모호한 오징어숙회를 주문했다. 소주 두 병을 나눠 마시자 친구의 볼에 저녁놀을 닮은 홍조가 올랐다. 불행히도 봄밤의 흥취는 길게 가지 못했다. 친절한 웃음을 짓던 사장님은 어느새 무표정한 얼굴이 되어 애꿎은 의자와 테이블을 덜그럭거리며 청소했다. 그러고는 우리를 향해 젊은 친구들이 너무 오래 있네, 하고 날 선 말을 꺼냈다. 시간을 보니 한 시간 이십 분이 지나 있었다. 나는 화가 나서 시간제한을 둘 거였으면 앉기 전에 말씀해 주셔야 하지 않냐고 따졌지만 사장님은 조금도 개의치 않았다. 괜찮다고, 이만 가자는 친구에게 속이 쓰린 사과를 했다. 미안하고 민망했다.

포장마차의 뻔뻔한 장사법은 매뉴얼로 엮어도 페이지가 한 뼘은 될 거다. 행여 2인 손님이 앉을까 4인 테이블에는 늘 예약석이라는 거짓말이 붙고, 조금만 오래 앉아 있으면 말도 안 되는 핑계로 내쫓기도 한다. 기분이 상해서 아직 나오지도 않은 안주까지 계산해 버리고 나가는 커플도 보았다. 카드 결제는 약속이나 한 듯 불가능. 맛과 양 모두 기준 미달이면서 눈칫밥만은 넉넉하다. 이런 장사법은 10년 전에도 비슷했지만 정도의 차이는 있다. 분명 지금처럼 인간미 없는 얼굴은 아니었다. 한가할 때는 제멋대로 부친 못난이 전을 서비스 안주로 내어 주기도 하고, 얼굴이 익으면 예쁜이가 또 왔냐며 반겨 주기도 했다. 하지만 요즘은 어쩐지 탐욕으로 물든 인간의 표본처럼 보인다. (물론 잘 찾아보면 안 그런 곳도 있을 거다. 잘 찾아보면.)

대체 무엇이 포장마차를 이렇게 만든 것일까. 눈물 나는 지갑 사정? 모호한 당국 정책? 아니면 갑작스레 악귀라도 든 것인가…… 아니다. 다시는 가지 않겠다고 몇 번을 다짐하고도 바람 부는 날이면 종로로 향하는 나의 발걸음 때문이다. 그렇게 멸시를 당하고서도 또 간다. 정신을 차린 몇몇 친구들이 이제는 가고 싶지 않다며 보이콧하는 바람에 그 횟수는 많이 줄었지만, 여전히 간다. 나 같은 사람이 적지 않을 것이다. 종로3가 포장마차 거리는 오늘도 여느 때보다 분주하다. 어떤 음식을 어떤 표정으로 내놓든 손님이 끊이질 않으니 불친절과 불결은 바빌론의 탑처럼 쌓여만 간다.

일방적인 관계는 견고한 유대감을 만들어 내지 못한다. 맛과 친절, 혹은 그것을 뛰어넘는 매력이 있지 않은 한 식당은 유지될 수 없다. 금전적 가치에 상응하는 접시를 제공하는 사람과 그것을 당연하게 여기지 않고 아끼는 마음으로 찾는 사람들. 그런 관계와 시간이 쌓이면 단골이 탄생한다. 단골이라는 옹성이 지어진 공간은 누군가의 침입이나 세월에 따른 부식에도 끄떡없다. 전 세대의 기억이 축적되고, 국밥 한 그릇에도 애틋함을 품는다.

선생님은 칼럼에서 이렇게 물었다. "노포가 단순한 식당 이상의 가치를 지닌다는 믿음은 누가 줬을까?" 이 책을 쓰는 시간은 저 문장과 싸우는 과정이기도 했다. 노포 애호가로서 그 믿음에 대해 설명해야 할 것 같은 책임감이 들었다. 오랜 시간 고민해도 명확한 답은 보이지 않았다. 마침내 내린 결론은, 노포를 지켜야 할 이유는 없다는 것. 정확히 말하면 오래되었다는 이유만으로 지켜져야 할 이유는 없다.

낙원상가 옆에 있는 허름한 식당의 국밥 한 그릇 가격은 2,500원이다. 10년 넘게 2,000원을 유지하다 작년부터 동전 하나를 더 받는다. 가격이 저렴하다고 아무 재료나 쓰는 건 아니다. 마장동 축산시장에서 들여온 소뼈로 육수를 내고, 가락동에서 가져온 우거지는 한 번 푹 끓인 후에 말려서 사용한다. 직접 빻은 고춧가루로 깍두기를 손수 담근다. 시어머니에게 물려받은 가게를 지금의 사장님이 운영한 지 40년. 주인장도 메뉴도 바뀌었지만 전쟁이 한창이던 1951년에 문을 연 식당이 70년 넘게 자리를 지키고 있다. 몸이 말을 듣지 않아 몇 번이나 그만둘까 고민했지만 단골의 얼굴과 목소리가 눈에 밟혀 힘이 닿는 데까지 해 볼 생각이란다. 그래서인지 이곳에서는 감사하다는 인사가 더 자주 들린다. 사장님은 맛있게 먹고 가는 손님들이 고맙고 손님들은 오늘도 맛볼 수 있음에 감사하다.

나는 성실하게 쌓아 온 시간의 힘을 믿는다. 상기된 표정으로 무대를 준비하는 30년 차 댄스 가수를 볼 때 그렇고, 끊임없이 쓰고 또 써서 다듬어 왔을 선생님의 문장을 볼 때도 그렇다. 국밥집의 나이 든 사장님은 앞으로 하고 싶은 것이 무엇인지 묻는 말에 이렇게 답했다. 우리 집 음식을 수십 년간 사랑해 준 단골들에게 죽기 전에 봉사라도, 아니 손잡고 마음 표현이라도 꼭 하고 싶다. 너무 감사하다고. 행복했다고. 매일 새벽에 일어나 진한 국물을 고아 내는 사장님의 하루가 어찌 아름답지 않을 수 있을까. 그 하루가 모이고 모여 수많은 단골이 찾는 지금의 노포가 되었다. 내가 사랑하는 노포들에서 느껴지는 단단한 아름다움은 시간을 보내 온 방식에 달려 있었다. 나의 바람은 그런 포장마차가 많아지는 것이다. 나는 포장마차 거리를 오랫동안 보고 싶다.

[온갖 악담을 퍼부었지만 그럼에도 종로3가 포장마차 거리에 방문할 이들을 위한 10가지 조언]
1. 주말보다는 평일 방문을 추천한다. 손님 수와 친절도는 반비례한다.
2. 두 명이라면 테이블을 욕심내지 말고 바 자리에 앉자. 눈치가 덜 보인다.

(노포)

3. 안주로 라면, 국수, 우동만 주문하는 건 불가하다. 주말에는 추가 주문으로도 받지 않는 경우가 많다.

4. 포장마차에서 배 채우려면 거덜 난다. 식사를 하고 가거나 편의점에서 삼각김밥으로 요기를 하고 갈 것.

5. 종로3가역 6번 출구 근방의 포장마차가 가장 붐빈다. 길을 건너 국일관 쪽으로 가면 비교적 한산하다.

6. 친절을 베풀면 돌아오기도 한다. 몹시 더운 날 시원한 음료수를 드렸더니 만두를 서비스로 주셨다. 물론 꼭 뭘 사다 드리라는 건 아님.

7. 카드 결제 되냐는 말은 해 봤자 입만 아프다.

8. 고기 골목 옆에 공용화장실이 있다. 불편하다면 지하철역으로 내려가자. 카드를 찍지 않아도 된다. 참고로 〈서울의밤〉은 횟집과 함께 운영하는 곳이기에 매장 화장실을 이용할 수 있다.

9. 추천 메뉴는 보통 산낙지. 그렇게 맛있는지는 모르겠다.

10. 자주 간다면 사장님 번호를 알아 두자. 인원이 어느 정도 된다면 예약도 받는다.

자잘한 모래알 같은

교토에 왔다. 인터넷에서 본 게시물 하나로 시작된 여행이었다. 제목은 정확히 기억나지 않지만 일본의 어느 방송에서 노포에 관해 이야기한 것을 캡처한 이미지였다. 일본은 공식적으로 문을 연 지 100년이 넘은 가게를 노포라 칭한다. 100년이라는 척도를 정한 이유는 그만큼 오랜 역사를 간직한 상점의 수가 많기 때문이다. 그 기준에 따르면 서울에서 노포라고 불릴 수 있는 곳은 단 한 곳, 일본은 약 2만 곳 정도 된다. 지나치게 큰 숫자를 만나면 오히려 가늠이 되지 않는다. 2만 개는 일본 내에 있는 세븐일레븐 편의점의 점포 수와 비슷하다. 뫼비우스의 띠처럼 몇 걸음만 걸으면 만나고 또 만나게 되는 편의점만큼이나 노포가 있는 것이다.

천여 년 동안 수도의 자리를 유지했던 교토는 그중에서도 노포가 많기로 유명하다. 방송사 프로듀서가 교토 사람들에게 "몇 년 정도 지나야 노포라고 인정할 수 있을까요?"라고 질문을 던지니 평균 이삼백 년이라는 답이 돌아왔다. 조금은 허풍이 아닐까 싶었지만 이어서 등장한 점포들을 보니 수긍이 갔다. 340년 넘은 자라 전골 전문점, 1534년에 창업한 활 공방, 558년 전에 생긴 소바집, 신라 시대부터 무려 70대를 이어 온 불교용품점. 240년이 넘은 고등어초밥집이 여기선 아직 신인 축에 속할 정도다.

우리나라에서는 50년, 아니 외관만 허름하면 30년만 지나도 노포라는 이름을 붙이곤 하는데 몇백 년 된 노포라니. 용가리치킨만 먹다가 실존하는 고질라를 맞대한 기분이었다. 노포 덕후로서 설레는 기분과 무력한 마음이 공존했다. 그동안 단단한 바위 같다고 믿어 온 나의 노포들이 파도 한 번에 사라질 자잘한 모래알처럼 느껴지기도 했다. 교토의 세월을 실제로 마주해야겠다는 생각이 들었다. 함께할 만한 동행과 적절한 시기를 고민하다가 다음 날 아침에 출발하는 비행기를 예매했다. 맛집이나 관광 명소는커녕 엔화나 돼지코도 준비하지 못한 여행이 되었다. 단 목적은 확실하다. 인터넷에서 본 교토의 시니세(일본말로 노포라는 뜻) 가 보기. 이왕이면 이번 여행의 모든 경로를 시니세로 점철하고 싶었다. 아주 짧은 일정의 노포 유학이라고 할까.

불교 역사가 묻어나는 게스트하우스에 머물고 싶었는데 아무리 찾아도 관련 정보가 나오지 않았다. 아쉬운 대로 에어비앤비를 통해 예약한 일본식 목조 주택으로 향했다. 온돌이 없는 바닥은 한기가 돌아서 다다미 깔린 거실에 대충 짐을 풀고 밖으로 나왔다. 숙소에서 멀지 않은 산조 거리에 위치한 〈로쿠요샤〉에 갔다. 1950년부터 3대째 이어 오고 있는 커피숍이다. 바 자리에 앉아 원두커피와 도넛을 주문했다. 여유롭게 책이나 읽을까 싶었지만 일주일 동안은 노포 유학생 신분이기 때문에 적절한 맛집부터 검색하기로 했다. 240년 넘은 고등어초밥집, 7대째 이어지고 있는 가이세키

（노포）

전문점, 300년이 지난 찻집, 천 년의 세월을 간직한 인절미 가게…… 화면을 넘길 때마다 더 오래된 곳이 나오니 백 년 정도는 이제 무던하게 느껴진다. 노포 하나 바라보고 온 여행인 만큼 더 오래된 곳, 그러니까 더욱 대단한 곳을 찾고 싶었다. 장인 정신으로 빚어진 비범한 장소. 그런 곳에 가야 충동적으로 끊은 비행기 티켓의 의미를 찾을 수 있지 않을까. 문제는 저 중에 끌리는 메뉴가 딱히 없다는 거였다. 고등어초밥은 세 개 이상 먹을 자신이 없고, 인절미는 애초에 좋아하지 않는다. 가이세키는 가격이 부담스러운 데다 3일 전 예약이 필수라 계획 없이 찾아온 나에게는 허락되지 않았다. 취향이 우선이냐 시니세 투어가 우선이냐의 문제를 두고 어렵게 결정한 첫 끼는 소바였다.

소바계의 터줏 〈혼케 오와리야〉는 무려 1464년에 개업했다. 세조가 조선을 통치하던 시절이다. 태정태세문단세에서 말하는 그 '세'가 맞다. 너무 아득해서 헛웃음이 나왔다. 다만 소바를 팔기 시작한 건 18세기부터고 그전에는 메밀과자를 판매하는 제과점이었다. 어찌 되었든 엄청난 세월을 견뎌 온 집인 건 분명하다. 대표 메뉴는 호라이 소바로, 우리말로는 '재물이 들어오는 소바'라는 뜻이다. 교토의 5층탑을 상징하듯 면을 5단으로 분리해 담는 것이 특징이고, 따로 제공되는 토핑과 소스를 원하는 만큼 올려서 먹으면 된다. 약간의 수고가 필요하지만 친절한 안내 덕분인지 번거롭다기보

다는 즐거웠다. 간이 짜다는 리뷰도 있던데 내 입맛에
는 딱 좋았다. 연차만큼 값을 받는 것인지 다소 비싼
편이었지만 결론적으로는 만족스러운 식사였다. 무엇
보다도 오랜 세월이 담긴 공간과 맛을 경험한다는 자체
가 흥미로웠다. 소바가 먹고 싶을 때마다 들르지는 못
하겠지만 동네에 놀러 온 친구에게 자연스럽게, 자랑
스럽게 안내할 만한 곳이다. 그렇지만 비범한 무언가가
느껴지는 건 아니었다. 눈이 번쩍 뜨이지도 않았고 입
안에서 면이 춤을 추는 것도 아니었다. 천 년이 담긴
인절미라고 크게 다를까. 애초에 산삼이나 위스키도
아니지만 500년이 넘었다면 조금 더 특별한 것이 있지
않을까 하는 기대가 사뿐히 가라앉았다.

그날 밤은 편의점에서 구매한 컵라면에 사케 한 잔을
곁들이며 교토를 배경으로 한 드라마 한 편을 보았다.
제목은 〈잠시 교토에 살아보았다〉. 도쿄에 살던 주인
공이 할아버지를 돕기 위해 교토로 내려와 시간을 보
내는 단순한 이야기다. 할아버지는 손녀에게 심부름을
시킨다. 여기선 생선, 저기선 채소, 거기서는 양념. 마
트에 가면 한 번에 살 수 있는데 왜 그래야 하는지 이
해할 수 없던 주인공은 할아버지가 일러 준 곳에 하나
씩 들르며 대형 마트에선 느끼기 힘든 세심한 배려와
그 안에 쌓인 노하우를 알게 된다. 장 본 재료로 만든
저녁을 먹으며 할아버지가 말한다. "하레-케에 대해

알고 있지? 경사스러운 일이나 축제 같은 것을 '하레ハレ', 일상적이고 평범한 날을 '케ケ'라고 하잖아. 요리에도 그런 게 있단다. 고급스러워서 평소에 가기 힘든 곳은 '하레', 어렵지 않게 들어가서 먹을 수 있는 평범한 가게는 '케'. 케 중에서도 꽤 맛있는 음식이 많단 말이지. 교토는 케 중에서도 오랫동안 장사를 한 곳이 많아. 여기 좋은데, 라는 생각이 드는 나만의 가게를 찾아다니는 것도 재밌을 거란다."

다음 날 점심을 먹기 위해 찾은 곳은 정원으로 유명한 료안지 근처의 우동집 〈쇼후쿠테〉였다. 일본의 소설가 이노우에 야스시가 즐겨 찾았다는 곳인데, 견문이 좁은 나에게는 처음 들어 본 일본 아저씨일 뿐이라 별 감흥은 없었다. 이곳을 고른 건 할머니와 아들이 함께 우동을 만드는 장면을 유튜브에서 우연히 보게 되었기 때문이다. 굽은 허리가 불편하지도 않으신지 정성스레 끓인 육수를 냄비째로 옮기고, 앙상한 손가락으로 고명을 준비하는 모습이 그 자체로 독립영화관에서 볼 법한 다큐멘터리 같았다. 3대 사장님이었던 할아버지가 세상을 떠난 후로는 할머니와 그 아들이 가게를 운영하고 있다. 할머니는 시집을 온 이후로 58년 동안 쭉 우동만 만들고 계신다고. 조금 더 늦으면 할머니의 손맛이 담긴 우동을 영영 맛볼 수 없겠다는 생각에 발걸음을 옮겼다.

꽤 오랜 시간 줄을 서서 들어갔던 소바집과 달리 나무로 된 문을 드르륵 열자 남자 사장님 한 분이 자리에서 일어나 조용한 인사를 건넨다. 히토리. 손가락 하나를 펴고 짧은 일본어를 뱉자 편한 곳에 앉으라는 제스처가 돌아왔다. 히라가나로 적힌 메뉴판을 보다가 소고기와 계란이 들어가는 우동을 주문했다. 면의 물기를 털어 내는 소리가 들리고 곧이어 먹음직스러운 한 그릇이 나왔다. 국물부터 조금 떠서 후룩 넘기니 오래 걷느라 시려진 속이 사르르 녹았다. 먹기 좋은 길이의 면을 얇게 편 소고기로 감싸 입에 넣었다. 탱글탱글하기보다는 혓몸에 부드럽게 감기는 식감이다. 몇 달 만에 내려간 시골집에서 할머니가 차려 준 음식 같달까. 음악도 사람도 없어 한껏 고요한 분위기가 혀의 감각에 더욱 집중하게 했다. 평소에 밀가루를 잘 소화하지 못하는 편임에도 불편하지 않게 식사를 마칠 수 있었다. 계란을 풀어 담백한 맛이 나는 국물까지 싹 비우고 사장님에게 할머니는 안 계시는지 물었다. 지금은 집에서 쉬고 계시지만 오전에 직접 면을 만들고 가셨다고 했다. 마음이 놓였다. 늦지 않았구나. 언어의 장벽으로 깊은 대화를 나눌 수는 없었지만 서로가 하고 싶은 말을 몇 마디 나누었다.

—교토대 학생이신가요?
—아닙니다, 여행 왔어요. 유튜브 영상을 보고 이곳의

〈노포〉

우동을 먹어 보고 싶었어요. 상상했던 맛이어서 좋
았습니다.
—감사합니다.
—다음에 또 올게요.

빈 테이블을 보는 사장님의 마음은 속상할 수도 있겠
지만 여유롭게 한 끼를 해결한 나는 한껏 따뜻해졌다.
다만 오늘 비운 우동 한 그릇이 어제 먹은 소바보다 훌
륭한 음식이냐고 물으면, 그건 잘 모르겠다. 맛에 대
한 인상은 근사했지만 매장이 품고 있는 이야기나 그
럴듯한 차림새는 어제의 한 끼가 월등했으니까. 엄마나
친구와 함께하는 여행에서 둘 중 한 곳만 가야 한다
면 큰 고민 없이 소바를 선택할 것 같다. 하지만 교토
대 학생이라거나 이 지역 민박집의 주인이라면 훨씬 많
은 끼니를 우동집에서 해결하지 않았을까. 부담 없는
가격과 수수한 분위기를 생각하면 마음이 자꾸만 그
쪽으로 기울었다. 한국에 있었다면 100년 넘은 우동집
이라는 타이틀만으로도 문전성시일 텐데, 하필 교토에
자리해 이런 홀대를 받느냔 말이다.

남은 일정도 크게 다르지 않았다. 가이드 도서에 나오
는 유명 음식점보다는 길을 걷다가 혹은 지도를 보다
가 마음에 드는 곳을 선택했다. 드라마 속 할아버지가
했던 말의 의미를 조금은 알 것도 같았다. 역사적인 가

치가 뛰어나지 않아도, 말만 하면 모두가 아는 곳은 아니더라도, 타이어 회사에서 별을 선사하지 않아도 멋진 시니세가 교토에는 아주 많았다. 신호등이 바뀌기를 기다리다 우연히 들어간 커피숍은 그 지역 학생들의 추억이 담긴 노부부의 케이크 가게였고, 숙소 근처의 바틀 숍은 할아버지의 뜻을 이은 사장님이 진중한 눈빛으로 교토 지역 술을 추천해 주는 공간이었다. 교토를 근사하게 만드는 건 보이지 않는 별처럼 지도를 촘촘히 메우고 있는 '케'들이었다. 위대하지는 않아도 충분히 멋진 공간들.

짧은 노포 유학을 마치고 한국으로 돌아오는 길, 나의 심신은 훨씬 평안해졌다. 나에겐 역시 서울이 안성맞춤인 걸까. 열도를 비추던 구글 지도는 언제 그랬냐는 듯 익숙한 골목을 보여 줬다. 그 지도 안에 박힌 별들이 그동안 내가 발굴한 모래알들이다. 덕분에 서울은 나에게 앞으로도 한 백 년쯤은 재미있는 도시다.

너 내 동료가 돼라

달리기를 시작했다. 달리기를 해 볼까 한다는 동료의 말에 우리도 같이 하자며 가볍게 결정한 일이었다. 꾸준히 뛰어 보고 싶다는 생각은 진즉부터 했지만, 지나온 삶의 데이터로 미루어 볼 때 혼자서는 꾸준하기 어렵다는 사실을 너무도 잘 알았다. 그건 다른 동료들도 마찬가지였다. 서로의 힘을 빌리기로 한 순간부터 우리는 각자의 공간에서 달리기 시작했다. 나름의 기준도 세웠다. 일주일에 최소 두 번, 1km 이상 달리기. 러닝 초심자인 우리에게 걸맞은 귀여운 목표였다. 1km가 생각보다 짧은 거리라는 걸 얼마 지나지 않아 알게 되었지만.

달리기 과정 중에서 가장 힘든 건 옷을 갈아입고 집 밖으로 나가기까지다. 막상 신발을 신고 문을 나서면 발을 움직이는 단순한 행위 자체에서 여러 기쁨이 따라왔다. 땀으로 젖은 옷을 보며 느끼는 뿌듯함. 목표를 완수했다는 만족감. 뛸 수 있는 거리가 늘어난 데에서 오는 성취감. 비슷한 듯 다른 모양의 긍정적 감정들이 맛 좋은 찐빵처럼 나의 속을 채운다. 달리기 성향을 파악하는 것도 즐겁다. 성격이 급한 나는 빠른 속도로 달리는 편이다. 바람을 가르는 동안에는 영화 속 오토바이를 탄 정우성이 이런 기분일까 싶을 정도로 해방감이 차오른다. 문제는 그에 비해 엔진의 성능이 좋지 못하다는 점. 나의 신체에 맞는 속도를 연구 중이다. 달리는 시간을 정하는 일도 그렇다.

아침의 달리기는 눈에 담을 것이 많다. 쉽게 지루함을 느끼는 내가 유독 즐거워하는 시간이다. 아침의 양분을 흡수하는 이름 모를 풀꽃들. 웃는 얼굴로 숲길을 헤집고 다니는 강아지들. 널찍한 나무 그늘에 자리 잡은 할머니는 색색의 바구니에 그날 판매할 야채를 담고 있다. 악기 연습에 여념이 없는 음악가들도 보인다. 어깨에 바이올린을 올린 학생은 연주하는 곡이 자주 바뀐다. 운이 좋으면 짝지어 산책을 나온 어린이집 아이들도 볼 수 있다. 조그만 손을 서로 꼭 잡고 걷는 모습은 보기만 해도 땀이 식는 기분이다. 무료로 성경 공부를 시켜 준다는 양복 2인조는 인쇄물 거치대를 설치한다. 혹시나 말을 걸지 않을까 긴장하지만 내게 별 관심이 없다. 그날의 식사 메뉴를 고민하는 말이 들린다. 사람 사는 거 다 똑같구나 싶다.

대낮의 달리기는 되도록 피한다. 태양의 자기주장을 감내하는 것도 고역이지만 커피를 들고 산책하는 일군의 직장인들을 뚫는 것도 일이다. 출근 날이 다를 뿐인데 부러운 팔자구나 하는 시선을 받기도 해 살짝 겸연쩍을 때가 있다. 아침에 뛰지 못했다면 밤의 달리기를 선택한다. 밤은 고요하다. 종일 이 시간만을 기다렸을 강아지들의 발재간도 아침만큼 눈에 들어오진 않는다. 장을 보고 들어가는 사람들과 자신도 모르게 밤의 풍경을 만드는 자동차 헤드라이트. 샘솟는 에너지로 들뜨게 되는 오전 시간보다 나의 호흡에 좀 더 집중하게

된다. 아침에 비해 1km는 더 뛴다. 그만큼 땀도 더 난
다. 집으로 곧장 들어가는 대신 땀을 식히기 위해 방앗
간처럼 들르는 곳이 있는데, 사실 이것이 밤의 달리기
에서 빼놓을 수 없는 즐거움이다. 나의 러닝 코스 막바
지에 위치한 〈을지OB베어〉다.

을지OB베어는 대한민국 생맥줏집의 원조다. 1980년
에 OB맥주(당시 동양맥주) 프랜차이즈의 첫 번째 가맹점
으로 문을 열었는데, 그때는 소주와 막걸리의 위상에
가려 맥주의 인기가 시들했던 시절이었다. 특허나 생맥
주는 대중에게 낯선 음료였다. 게다가 당시 을지로 인
쇄 골목은 호프집은커녕 식사할 공간도 많지 않은 자
영업 불모지였다. 상황이 이렇다 보니 창업주 강효근
씨의 첫 번째 과업은 을지로 이웃들과의 신뢰 구축일
수밖에 없었다. 그는 가게에서 숙식을 해결하며 누가
시키지 않아도 새벽마다 빗자루를 들고 나가 거리를
청소했다. 그러고는 해가 중턱에도 걸리기 전, 오전 10
시에 셔터를 올렸다. 전국에서 제일 빨리 문을 여는 술
집이었다. 그 시간에 맥주를 마시는 사람이 있을까 싶
지만 동네의 특성 덕분에 가능했다. 당시 을지로3가역
은 지하철 기관사들이 근무 교대를 하는 역이었다. 집
에 들어가는 길에 간단히 배를 채우려는 기관사들과
납기일을 맞추기 위해 야간작업을 한 인쇄 골목 노동
자들 덕에 가게는 붐볐다.

맥주 안주로 노가리를 내놓기 시작한 곳도 여기다. 본 사에서 안주까지 공급받는 건 위반이라는 규정이 생기면서 가맹점들은 치킨이며 대구포며 맥주와 어울리는 메뉴를 각자 찾아야 했다. 전쟁 이전 황해도에서 김장 양념이 들어간 명태를 맛있게 먹었던 기억을 떠올린 강효근 씨는 전국 최대 규모의 건어물 유통가인 중부시장에 가서 직접 노가리를 구했다. 일반 노가리보다 두 배 정도 큰 왕노가리였다. 아침마다 노가리를 반으로 접어서 망치로 두들긴 후에 배를 가르고 가시를 발랐다. 그렇게 손질한 노가리를 연탄불에 노릇하게 구워 매콤한 소스와 함께 내놓았다. 소스의 비법을 알아내기 위해 유명 회사에서 찾아오기도 했지만 아내에게도 알리지 않았다. 그 비법은 따님인 강호신 씨에게만 전했다고 한다. 며느리, 아니 사위도 모르는 맛! 저렴한 가격에 시원한 생맥주와 노가리를 먹을 수 있다는 소문이 동네 사람들의 입을 타고 천천히 퍼져 나갔다.

을지OB베어 맞은편에 비슷한 메뉴를 취급하는 〈뮌헨호프〉가 문을 연 것이 1989년이다. 뮌헨호프 대표는 개업 전 을지OB베어에 직접 찾아와 가게를 열어도 되겠느냐고 양해를 구했다고 한다. 을지OB베어는 텃세도 욕심도 부리지 않았다. 장사가 잘되어도 가게 평수를 늘리지 않았고, 시간이 지나면서 어쩌면 초라하게 느껴질 수도 있었을 메뉴도 바꾸지 않았다. 두 가게가

（노포）

대성하자 뒤이어 크고 작은 생맥줏집이 여럿 생겼고, 이들은 상생했다. 그렇게 형성된 을지로노가리골목은 미래 세대에 전달할 만한 가치가 있다고 인정받아 '서울 미래유산'으로 지정되었다. 그중에서도 을지OB베어는 맥주에 노가리를 안주로 곁들인 원조 호프집으로서 중소벤처기업부의 '백년가게' 인증을 받기도 했다. 백년가게는 삼십 년 이상의 내력을 가진 가게 중에서 백 년 이상 존속할 만한 성장 가능성이 있는 곳을 선정해 지원하는 국가사업이다. 술집으로는 을지OB베어가 최초였다.

그러나 백 년의 반절도 채 되지 않아 가게가 강제 철거된 건 2022년의 일이다. 주변 점포들을 인수하며 기세를 늘려 가던 〈만선호프〉가 노가리 골목을 만든 을지OB베어에게까지 검은손을 뻗친 것이다. 을지OB베어 측은 사십여 년간 점포를 운영해 온 점, 공동 건물주가 "이 동네가 폭발하지 않는 이상 나가시라고 말씀 안 드려요"라고 말했던 점, 백년가게로 선정된 점 등을 들며 임대 계약을 갱신할 수 있도록 소송을 진행했지만 패소했다. 임차료를 두 배로 내겠다는 제안도, 새 임차인이 제시한 모든 조건을 수용하겠다는 의사도 거부되었다. 그렇게 을지OB베어는 사라졌다.

그런데 을지OB베어의 무덤가로 사람들이 모였다. 이웃 상인들과 여러 시민단체, 그리고 단골들이었다. 그들은 매주 그 앞에 모여 가슴 답답한 사연을 알렸다. 노래하는 사람은 노래를 부르고 춤추는 사람은 춤을 추고 요리하는 사람은 요리를 하며 자신이 할 수 있는 방법으로 이야기를 전했다.

내가 그 골목을 찾은 건 박찬일 셰프의 연설이 있는 날이었다. 그는 노포에 관한 책을 여럿 쓴 작가이기도 하다. 그날도 축제를 벌이고 있는 만선호프들 한구석으로 외딴섬처럼 떨어진 이들이 보였다. 자리가 없을까 봐 걱정했던 것이 무색하게 조촐한 수의 의자마저 주인을 찾지 못하고 있었다. 맥줏값에 몇 푼을 더 보태어 투쟁 기금함에 넣고 빈 좌석에 앉았다.

스트라이프 셔츠에 하늘색 블레이저를 입은 박찬일 셰프는 내가 상상한 대로 단단한 모습이었다. 표정은 결연하기까지 했다. 프레젠테이션 화면을 배경으로 그는 짧은 자기소개부터 을지OB베어의 역사와 노포의 가치까지 때로는 힘주어 때로는 대화하듯 30분 동안 이야기를 이어 갔다. "노포는 영업장인 동시에 시민의 재산"이라는 말에는 동조인지 감동인지 응원인지 모를 박수가 터져 나왔다. 나도 열심히 손바닥을 부딪쳤다.

박수 소리에 호기심을 보이는 사람도 있었지만 술에 취해 욕을 하거나 다른 곳에서 하면 안 되냐며 불편한 기색을 드러내는 사람도 있었다. 욕설 앞에서는 딱 그만큼 분노하면 됐지만 다른 곳을 말하는 사람 앞에서는 슬퍼졌다. 여기가 아니면 이들은 어디에 가서 목소리를 내야 하는 걸까요, 되묻고 싶었다. 연설이 끝나고 을지OB베어가 있던 자리를 조금 더 둘러보았다. 아침마다 경쾌한 소음을 내며 올라갔을 셔터가 다신 열리지 않을 것처럼 닫혀 있었다. 걸어 잠근 셔터 위로 응원의 메시지들이 보였다. 응원합니다, 기억할게요, 같이 살 수는 없나요? 기다리면 빛이 날 거예요…… 행사를 준비하고, 피켓을 들고, 목소리를 내는 사람들의 표정이 마냥 지쳐 있지만은 않은 건 이런 메시지를 남기고 곁을 지키는 서로 덕분이겠구나. 지치는 순간마다 같은 생각을 하고 나아가는 사람들을 보며 분명 힘을 얻었을 것이다. 오늘만은 나도 조금은 그들의 동료 역할을 했을까.

얼마 전에는 처음으로 마라톤에 참가했다. 한강 변에서 열린 바다의날 기념행사였다. 여의도 광장에서 출발해 성산대교를 반환점으로 찍고 돌아오는 10km 코스. 그 반절도 겨우 뛰었으면서 무슨 자신감으로 호기를 부렸을까. 배번호를 달고도 과연 완주할 수 있을지 걱정부터 앞섰다. 그렇다고 시작도 전에 포기할 수는 없는 노릇이었다. 동료들과 나는 출발을 알리는 소리와 함께 일전에 만나서 연습한 것처럼 일렬로 서서 앞사람의 등을 보고 달렸다. 지친 사람이 있으면 함께 속도를 낮추고, 급수대가 보이면 물을 떠 주고, 말없이 뛰는 듯해도 가끔씩 서로의 컨디션을 확인하는 눈빛을 보냈다. 그렇게 우리 중 누구도 성공한 적 없던 10km를 한 명의 낙오도 없이 완주했다. 땀범벅인 서로의 얼굴을 보며 한참 웃고 등을 두드려 주었다. 서로가 아니었다면 절대 해내지 못했을 거라는 사실을 말하지 않아도 알 수 있었다. 동료는 무언가를 함께하는 것을 넘어 많은 것을 가능하게 하는 사람이었다.

나는 우리의 삶이 소년만화 같았으면 좋겠다. 동료라는 단어가 사사로운 관계를 배제하는 것이 아니라 함께 지평선 너머로 달리는 존재로 쓰였으면 한다. 집을 떠난 사람도, 힘이 약한 사람도, 쉽게 눈물을 터뜨리는 울보도, 길을 잃은 동물도 동료라는 이름으로 묶일 수 있다면. 그렇다면 손을 잡는 이는 계속해서 늘어날 것이고, 세상에 가능한 건 아주 많아진다. 어디든 혼자서는 끝까지 갈 수 없다. 함께 분노하고 행동하고 때로는 대책 없이 웃기도 하다 보면 언젠가 모두 꿈꾸던 곳에 도착해 있지 않을까. 을지OB베어는 여전히 집으로 돌아가기를 꿈꾸고 있고, 함께 달려 나갈 동료를 찾고 있다.

그래도 가끔은 옛이야기를

엄마와 침대에 누우면 가끔 옛이야기를 한다. 기꺼이 우리의 식구가 되었던 사람들로 좁은 집은 늘 북적였다. 주로 사촌들이었다. 엄마는 별다른 대가 없이 여러 조카를 객식구로 들였다. 서울이 아니라 경기도에 살았지만 지방에 거주하는 친척에게는 '서울 고모'나 '서울 이모'로 불렸다. 대학생이 된 조카를 우리 집에서 통학하게 하는 건 가난과 부를 떠나 당연한 일이었다. 여섯 명이 짧게는 3년, 길게는 7~8년씩 살다 갔으니 나는 사실상 하숙집 아들처럼 20년을 살았던 셈이다. 엄마는 사람을 워낙 좋아하기도 했지만 상경한 사촌들 모두 똑똑한 학생이었으니 내심 아들이 무언가 보고 배우지 않을까 하는 기대감도 있었을 것 같다. 아쉽지만 엄마가 바랐을 공부 습관이나 올바른 마음가짐 같은 것은 본받지 못했다. 대신 몇몇 취향이나 문화를 배우긴 했다.

나는 여덟 살도 되기 전에 지브리 애니메이션을 접했는데 그건 함께 방을 썼던 세영 덕분이었다. 엄마는 스무 살 정도 차이 나는 그에게 형 대신 형님이라고 부르기를 권했고, 나는 형님 형님 하면서 그를 잘 따랐다. 컴퓨터에 관심이 많았던 형님은 인터넷에 접속하면 전화가 되지 않던 시절부터 나에게 이것저것 일러 주었다. 그래픽 카드를 조립하거나 윈도우를 설치하는 장면도 어깨너머로 보았지만 주로 게임을 함께 했다. 어린이가 하기에는 어려웠을 HOMM이나 문명 같은 게임을 나는 어느새 잘도 즐기게 됐다. 두 게임 모두 중독성 강하다고 소문이 자자한 3대 악마의 게임에 속한다. 어쩌면 그 시간이 지금의 피폐한 나를 만들었을지도 모른다. 그나마 눈빛이 완전히 흐려지는 걸 막아 준 건 지브리 애니메이션이다.

형님은 갓 초등학생이 된 나를 데리고 용산 전자상가에 가곤 했다. 당시 용산은 세상 모든 전자 매장의 중심이자 그를 탐색하는 손님들이 뒤얽혀 장터처럼 소란한 동네였다. 교복을 입은 학생과 너저분한 차림의 어른이 구분 없이 모여 던전 같은 미로를 뚫어 가며 전리품을 손에 쥐었다. 형님은 길을 잃을세라 내 손을 꼭 잡고 컴퓨터 부품을 찾으러 돌아다녔다. 나는 그 후의 일정이 좋았다. 게임이나 애니메이션 CD 같은 것이 잔뜩 쌓인 매장에 가면 아는 것이 없어도 신났다. 정식 발매품이 아닌 해적판이 공공연하게 돌던 환란의 시절, 형님은 조잡한 프린트물로 커버를 장식한 지브리 CD를 하나씩 모았고 집에 돌아오면 함께 앉아 영화를 보았다. 〈천공의 성 라퓨타〉〈마녀 배달부 키키〉〈이웃집 토토로〉〈반딧불의 묘〉〈원령공주〉〈바람계곡의 나우시카〉〈귀를 기울이면〉…… 나는 형님이 틀어 준 지브리 작품을 대부분 좋아했지만 하나만은 보고 싶지 않았다. 〈붉은 돼지〉. 돼지가 주인공인 만화라니 이해할 수 없었고 무엇보다 멋이 없었다. 파일럿 모자를 썼을 때는 그러려니 싶다가도 아저씨 같은 더벅머리가 드러날 때면 도저히…… 형님은 내가 잠들고 나면 혼자서 그 영화를 보았다. 내가 〈붉은 돼지〉를 제대로 본 건 어른이 되고 나서다.

〈붉은 돼지〉는 1차 세계대전을 겪고 현상금 사냥꾼이 되어 버린 공군 출신 비행사 포르코의 이야기다. 돼지로 변한 그는 같은 아픔을 가진 친구 마담 지나에게 말한다. "좋은 녀석은 모두 일찍 죽는군." 포르코는 담배를 자주 태운다. 하늘로 사라지는 연기를 바라보며 비행정을 타고 떠난 여러 얼굴을 떠올리는 듯 보였다. 전쟁 후의 혼란한 사회를 다룬 작품이지만 무거운 분위기는 아니고 뚜렷한 갈등도 없다. 클라이맥스라고 할 수 있는 장면도 동화처럼 경쾌하다. 하지만 주제곡인 '돌아갈 수 없는 날들'을 들으면 시도 때도 없이 마음이 울렁거린다. 그리운 게 많은 탓일까. 그리움이 빈약한 시대에 향수를 안고 살아간다는 건 외롭고 서글픈 일이다. 외롭고 서글픈 사람들이 돌아갈 수 없는 날을 자주 떠올리는 걸지도 모른다. 무엇이 먼저인지는 잘 모르겠다.

얼마 전 일 때문에 용산에 다녀왔다. 전자상가 쪽으로 향한 건 형님과의 동행 이후로 처음이었다. 핸드폰으로 사진을 남길 수 없던 시절의 일이라 비교할 만한 장면은 없지만 어렴풋한 과거의 모습과 비슷한 구석이 거의 없었다. 많은 것이 사라졌다. 아름답진 않더라도 움직이는 것으로 가득했는데. 이제는 공동묘지처럼 조용했다. 모니터 뒷머리가 점차 납작해진 것처럼 상가의 규모도 쪼그라들었다. 사라진 것에는 필시 이유가 있다. 용산 전자상가의 전성기는 90년대였다. 컴퓨터가 필수품으로 자리 잡기 시작하며 조금이라도 저렴한 조립형 컴퓨터에 대한 수요가 늘었고, 사람들은 발품을 팔면 온갖 부품을 구할 수 있는 곳으로 모여들었다. 하지만 시대가 변했다. 이제는 최저가도 희귀 아이템도 온라인에서 쉽게 구할 수 있다. 용산 전자상가는 제대로 아는 사람이 아니면 오히려 호구가 되는 곳이라는 인식이 퍼졌다. 손님인 척 방문한 취재기자에게 "손님 맞을래요?"라고 말하는 판매자가 뉴스를 타며 사람들의 발걸음이 급격히 줄어들기도 했다. 아름다운 곳이라고 하기는 어렵겠지만 그 시절 그 공간에서 시간을 보낸 사람들의 오래된 기억까지 아름답지 않다고 말할 수는 없을 거다.

신용산역 지하보도에서 선인상가로 가는 길에는 용산의 수호신으로 불렸던 강아지 땡비가 있었다. 워낙 사기를 치는 놈이 많다 보니 땡비를 한번 쓰다듬으면 물건을 싸게 살 수 있다는 일종의 토속 신앙 같은 게 있었다. 바나나우유를 좋아하고 원통형 CD 케이스에 물을 담아 마시던 강아지. 나이가 들며 건강이 나빠지자 주변 상인들이 조금씩 돈을 모아 병원에 데려갔지만 결국 안락사를 할 수밖에 없었다. 추모비를 만들자는 의견도 나왔지만 무산됐다. 여전히 인터넷에는 용산견 땡비를 그리워하는 글과 사진이 가끔씩 올라온다. 물론 대부분은 땡비를 매개로 그 시절을 그리워하는 것이지만. 해적판 CD를 팔던 산적 같은 아저씨들은 모두 어디로 갔을까. 빳빳한 용돈을 모아 시가보다 두 배 높은 값으로 게임을 사던 학생들은 지금도 컴퓨터 앞에 앉아 있을까. 휑한 상가를 걸으며 자꾸만 과거의 것들을 질문했다.

자기계발과 투자 관련 도서가 베스트셀러를 차지하는 시대에 과거 회상이라니 참으로 한가한 팔자다. 그런데 사라진 것은 더 이상 의미가 없는 걸까. 미처 노포가 되지 못한 곳들은 아무런 가치가 없는 걸까. 기억 속에만 남아 있는 것들을 떠올리는 건 그저 한가한 일일까. 용산 전자상가에 있던 분식집. 겨울이면 석화를 만 원에 팔던 경리단길의 횟집과 그 밑에 있던 꽃집. 내가 일했던 가회동의 〈투고커피〉와 광화문의 이탈리안 레스토랑 〈지오리꼬〉. 폐간된 잡지들. 우연히 들어간 서촌의 사진관. 갈 때마다 맛있는 거 해 줄까 묻던 망원동 술집 〈아재〉. 보광동 조용한 골목에서 악기를 연주하고 그림을 그리던 〈꿈동산〉. 갓 대학생이 된 나의 낭만을 채워 주었던 지하 술집 〈모두 꽃이 되었지〉. 빈티지 숍 〈Armazem〉. 작별 인사를 하고 떠난 브랜드

들. 롯데월드의 정글탐험보트. 해방촌 반미 가게 〈반미
리〉. 예지동 〈원조함흥냉면〉. 분명히 다시 돌아올 〈을
지면옥〉. 좋아하는 사람과 첫 데이트를 했던 〈콜드스
톤〉 광화문점. 망원동 좁은 골목에 마주하고 있던 두
카페 〈반테이블〉과 〈반듯〉. 세상을 먼저 떠난 선배와
친구들. 종영한 예능 프로. 설리, 하라, 종현. 사장님의
관절 통증으로 문을 닫은 김밥집. 서교동 〈마일드〉. 그
시절 사랑한 홍대 치킨집 〈옥상달빛〉. 나의 점심을 해
결해 주던 창신동 중국집 〈금문장〉. 어릴 때 다닌 컴퓨
터 학원의 용가리 선생님. 동네의 작은 미용실. 창전동
와인 바 〈빅타이니〉. 망원동 카페 〈콘트라스트〉. 사직동
에서 먹었던 프렌치토스트. 아기자기하고 다정했던 〈카
페 히비〉. 종로의 피아노 거리. 서울극장과 단성사……
대학 친구들을 만나 우리의 학창 시절을 아름답게 만
들어 주었던 장소들을 이야기했다. 지금 남아 있는 곳
은 한두 곳뿐. 대부분 사라졌다는 사실이 슬프긴 해도
이렇게 기억을 나누는 것만으로도 한참을 웃을 수 있
었다. 우리는 많은 추억을 물리적 공간에 빚지고 있다.
비록 그 공간이 사라진다 하더라도 기억을 공유한 사
람들 입에 꾸준히 오르내리기만 한다면 그건 그것대로
의미가 있다. 이야기를 하며 웃고 그리워하고 애틋한
감정 같은 걸 느낀다. 과거를 곱씹는 게 미련하게 보일
지라도 나는 그렇게 살고 싶다. 사라진 것을 놓아 버리
지 않고 최대한 회자하며.

〈노포〉

〈붉은 돼지〉가 끝나면 극 중 지나 역의 성우이기도 한 카토 토키코의 노래 '가끔은 옛이야기를'이 흐른다. "가끔은 옛날이야기를 해 볼까 / 언제나 가던 그 단골 가게 / 마로니에 가로수가 창밖으로 보였지" 누구나 공감할 만한 가사로 시작하는 노래는 아침까지 떠들던 하숙집 풍경을 추억하고는 이렇게 끝난다. "한 장 남은 사진을 봐 / 수염이 가득한 남성이 바로 너야 / 어디에 있는지 지금은 모르는 친구도 몇 명은 있지만 / 그날의 모든 것이 허무하다고 말할 수는 없어 / 지금도 그때처럼 이루지 못한 꿈을 그리며 / 계속 달리고 있지, 어딘가에서"

엄마는 가끔 섭섭한 마음을 이야기한다. 그렇게 지지고 볶고들 살았으면서 나가니까 연락 한 번이 없다고. 엄마가 바라는 건 대단한 게 아니다. 가끔 전화 한 통 걸어 주기를. 나는 계속 달려 나가고 있지만 종종 그때를 생각한다고. 고마웠다고. 즐거웠다고. 엄마는 그저 그 시절을 같이 떠올릴 수 있기를 바라고 있다. 아무리 돌아갈 수 없는 날이더라도 없던 일이 되지는 않도록. 계속 이야기하는 한 어떠한 거리도 공간도 사람도 사라지지 않는다고 믿는다.

index

{ 서울 }

한참이 지나도 유효한 사랑 　　　　（노포）

좋아하세요? -09

초판 1쇄 발행 2024년 1월 19일

지은이　　　김기수
펴낸이　　　이광재

책임편집　　김난아
디자인　　　이창주, 박효원
마케팅　　　정가현
영업　　　　허남, 성현서

펴낸곳　카멜북스
출판등록　제311-2012-000068호
주소　서울특별시 마포구 양화로12길 26 지월드빌딩 (서교동 395-7) 3층
전화　02-3144-7113　팩스　02-6442-8610
이메일　camelbook@naver.com
인스타그램　www.instagram.com/camelbook

ISBN 979-11-93497-03-6 (03810)